꿈이 영그는 교정 01

말괄량이 합집합

꿈이 영그는 교장
01

말괄량이 합집합

최균희 청소년 장편소설

신아출판사

■ 차례

1. 설렘의 새출발 ·· 7
2. 단짝 친구 ·· 18
3. 말괄량이 합집함 ·· 27
4. 유별난 아이 ·· 36
5. 반장 선거 ·· 50
6. 사월의 바보 ·· 60
7. 거울 앞의 자화상 ······································ 68
8. 엄마의 학창 시절 ······································ 78
9. 야생화 자수 액자 ······································ 90
10. 사춘기 가슴앓이 ······································ 101
11. 영실의 재즈 댄스 ···································· 112

12. 미진의 가출 ……………………………… 122

13. 긴고랑 사람들 …………………………… 133

14. 선생님의 가위질 ………………………… 141

15. 숨겨진 진실 ……………………………… 149

16. 몰래 본 일기장 …………………………… 161

17. 너에게만 말할게 ………………………… 175

18. 얽히고설킨 인연 ………………………… 186

19. 언니의 교통사고 ………………………… 194

20. 사랑의 구름다리 ………………………… 206

21. 눈부신 아침 햇살 ………………………… 218

1. 설렘의 새출발

나래는 다시 한번 커다란 전신 거울에 몸 전체를 비춰보았다. 살짝 미소를 지으며 현관문을 나섰다.

"얘, 강나루, 함께 갈까?"

귀에 익은 다정스런 목소리다. 뒤를 돌아다보았다.

"어머나, 선생님! 다른 학교로 가신다더니 안 가시게 되셨어요?"

2학년 때 도덕을 가르쳐 주신 선생님, 철학을 전공하셨다는 권 선생님을 나래는 몹시도 따랐던 것 같다.

"응, 나래랑 헤어지긴 싫지만 이미 봄방학 때 발령이 났어. 오늘 아침에 이임 인사를 하러 나오는 중이야."

"정말 떠나시는군요. 어느 학교로 가세요?"

"멀리 가는 게 아니야, 이 학교 옆 D외고로 가는 거야. 강나루, 놀러 올 수 있지? 아니, 일 년 후에 우리 학교에 시험을 쳐서 들어오면 되겠구나. 넌 공부를 잘 하니까."

선생님은 너무도 야속했다. 벌써 D외고가 우리 학교란 말인가. 오늘따라 철학자답지가 않다. 지금 나래는 입으로는 태연스레 말을 하고 있지만 가슴이 찢어지는 듯 아파 오고 있는데 권 선생님은 아실 리 없다.

나래는 슬픈 표정을 억지로 감추며 선생님의 팔에 매달려 기운 없이 걸었다.

뒤따라오는 남자아이들이 영문도 모르면서 낄낄 웃어댔다.

'차라리 오늘 아침에 권 선생님을 만나지 말았어야 하는데.'

사실이지 나래는 어젯밤에 제대로 잠을 이룰 수가 없었다.

누구나 마찬가지겠지만 새 학년 첫날에 대한 설렘 때문에 새벽녘엔 아예 눈만 감고 이 생각 저 생각으로 뒤척거리다 날을 샌 것이다.

솔직히 최고 학년인 3학년이 된다는 자부심도 은근히 나래의 기분을 좋게 했지만, 올해는 무언가 모든 것이 잘 풀릴 것 같은 예감 때문에 가슴이 부풀어 왔었다.

'담임 선생님은 누구실까?'

'내 짝은 누가 될까?'

나래네 학교는 말만 남녀공학이지 1학년부터 남녀를 제각기 따로 분리해서 반 편성을 하고, 정해진 교복을 입히고 학교 규칙이 너무도 엄격하다.

작년엔 초등학교 동창생 영하가 얼마나 부러웠는지 모른다. 영하는 우리 학교와 교문을 바로 옆에 나란히 하고 있는 사립 학교인 D중학교에 다닌다.

그 학교는 최소한 2학년 때까지는 남녀 혼합 반에다 얼마나 자연스럽게 미팅을 하는지 말만 들어도 즐겁고 신났다. 매주 토요일엔 자유복을 입게 하고 머리도 자유롭게 기를 수 있단다.

거기에다 같은 캠퍼스 안에 고등학교가 네 개씩이나 있으니 더욱 금상첨화가 아닐 수 없다. D남고, D여고, D여상, D외고. 그러니 알려지지 않은 학교에 다니는 우리들 사이에선 벌써부터 옆에 있는 학교더러 'D주식 합작 회사'라 일컬으며 공연히 샘을 내곤 한다.

굳이 변명을 한다면 우리 학교는 이제 겨우 두 번째 졸업생을 낸 신설학교이기 때문에 전통이 긴 학교와 비길 바가 못 된다.

특히 이 동네뿐만 아니라 서울 시내 모든 학부모들에게 인기가 있는 학교는 D외국어 고등학교이다.

수재들만 들어간다는 과학고와 맞서기라도 하듯 학군에 상관없이 누구나 입학시험에 응시할 수 있다. 하지만 적어도 교내에서 3%안에 들어야만 합격될 수 있다. 그러니 말만 들어도 주눅이 들 수밖에 없지 않은가.

알고 보면 나래네 학교로 전학해 온 아이들의 상당수도 D외고 진학을 목표로 하고 일찍부터 학교 가까이로 이사 온 경우가 적지 않았다.

그런데 그 유명한 학교로 떠나게 됐다고 말하고 있는 권 선생님의 의기양양한 태도가 어쩐지 나래의 마음을 무겁게 짓누르는 것이 아닌가.

나래뿐만이 아니었다. 권 선생님이 들어가 수업하는 반의 모든 남녀 학생들은 누구나 할 것 없이 권 선생님을 좋아했다. 좋아한다는 표현은 너무 약하다. 대부분이 권 선생님을 존경하고 사랑했다.

그렇다고 특별히 잘생긴 인물도 아닌데 단지 노총각이라는 것과 일류 학교를 졸업했다는 것, 아니 그보다도 수업 중에 말하는 교과서 내용 외의 이야기들이 이따금씩 우리의 마음을 흔들어 놓았다고나 할까.

너무나 당연한 이야기지만 권 선생님의 설득력은 억눌린 가슴들을 보이지 않는 속박으로부터 충분히 해방시켜 주곤 했던 것이다.

그런데 권 선생님이 오늘 떠나신다고 한다. 서운하고 안타깝다. 어쩌면 유행가 가사 속에 나오는 사랑하는 임과의 이별이 이런 것인가 하고 나래는 아랫입술을 지그시 깨물며 생각해 보았다.

"선생님, 안녕하세요?"

"선생님!"

교문에 들어서기가 무섭게 여자아이들이 물밀 듯 몰려왔다.

나래는 재빨리 선생님의 팔을 놓고 교실 출입구 쪽으로 달려갔다.

실내화를 바꿔 신기 전에 권 선생님이 있는 곳을 힐끔 쳐다보았다. 행여나 선생님이 이쪽을 보시고 계시지나 않나 싶어서.

하지만 선생님은 아이들에게 에워싸여 앞으로 나아가기도 힘든 처지였다.

"나래야, 너 몇 반이니?"

"5반."

"야, 잘됐다. 나도 5반이야."

명랑 쾌활한 현희가 부러웠다.

봄이 왔다고는 하지만 학교 뒷산엔 아직도 앙상한 나뭇가지들이 꽃샘바람에 가늘게 떨며 추위를 견뎌내고 있다.

오늘 학교 운동장에선 해마다 그랬듯이 새로 오신 선생님 소개와 떠나가시는 선생님들의 인사가 있었다.

나래는 또 잠깐 동안 생각에 잠겼다. 왜 사람들은 만났다가 헤어지고 헤어졌다 만나곤 하는지, 그게 바로 인간사라고 언젠가 수업시간에 권 선생님이 말씀하신 일이 새삼스레 떠오른다. 떠나가시는 선생님들이 나란히 서 계시는 단 위를 바라보았다. 오늘 따라 선생님들의 모습이 모두 엄숙하고 진지했다. 2학년 때 담임이셨던 윤금희 선생님도 떠나신다.

'이럴 줄 알았으면 장미꽃 한 송이씩이라도 준비할 걸, 바보 같이.'

그러면서도 나래의 눈길은 계속 권 선생님의 뒷모습을 쫓아가고 있었다. 떠나시는 선생님들이 서서히 단을 내려와 교무실 쪽으로 걸어갔기 때문이다.

나래가 잠시 2학년 때를 돌이키며 다른 생각을 하고 있을 때였다.

"와아!"

별안간 함성 소리와 함께 박수 소리가 쏟아져 나왔다.

아이들은 어느새 떠나가시는 선생님들의 꼬리가 완전히 사라지기도 전에 새로운 선생님들에 대한 기대로 운동장은 열기에 가득 차 있었다.

"2학년 13반 김달중 선생님!"

"와아!"

아이들은 자기가 잘 알고 있는 선생님이거나 젊고 순하게 생긴 선생님이 담임으로 호명되면 학교가 떠나가라고 소리치며 좋아했다.
"3학년 5반 최고집 선생님!"
실제로 선생님 이름을 뭐라고 소개했는지는 몰라도 까치발을 들고 서 있던 나래의 귀에는 분명히 그렇게 들린 것이다.
저쪽 새로 오신 선생님들 중에서 키가 커다랗고 금테 안경을 쓰신 중년의 아줌마 선생님이 꾸벅 인사를 했다.
"아!"
여학생들로만 구성된 나래네 반 아이들은 그 위풍당당한 여선생님의 첫인상에 그만 기가 죽어서인지 소리도 제대로 못 지르고 용두사미격의 신음 소리 같은 아주 애매한 반응을 보였다.
이윽고, 교실에 입실한 아이들이 여기저기서 수군거리고 있을 때 교실 앞 출입문이 드르륵 열렸다.
"반갑습니다. 내 이름은 운동장에서 들어서 알지요? 난 여러 학교를 거쳐 왔고, 교육 경력은 20년째입니다. 주로 중3 담임을 많이 했으며, 남자 고등학교에서도 근무한 까닭에 부드러운 말씨보다는 퉁명스럽고 명령조의 말이 잘 튀어나옵니다. 이해해 주세요."
아이들은 하나같이 쥐 죽은 듯 앉아 있을 수밖에 없었다. 담임 선생님은 입에다 발동기를 단 건지 얼굴 표정 한번 바꾸지 않고 한참 동안을 혼자서 말을 이어갔다.
"자세한 이야긴 차차 하기로 하고 분반 편성표를 보고 우선 출석을 확인하겠어요. 강나래, 김예은, 노호숙, 도진희, 마정숙, 민소연, 박경아, 박여옥, 박원주, 방한솔, 변은주…."

담임 선생님은 오늘 당장 모두의 이름을 외우려는 듯, 한 명씩 일어서라며 천천히 또박또박 불렀다.

"서현희, 신기원, 임지선, 장미진, 장영실, 전화연, 한수원, 허소라…."

"이름들이 아주 예쁘군요. 얼굴들도 모두 밝고 환해 보여 좋아요."

아이들은 간신히 자기 이름이 불려질 때에만 '네' 하고 모기 소리만 하게 대답을 했다.

"자, 긴장을 풀어요. 내가 이 안경을 낀 건 순전히 남학생들 아니 진학을 앞둔 학생들의 기강을 잡기 위한 보안경에 불과하니까. 자, 안경을 벗어 보일까요?"

"히야!"

아이들은 합창이라도 하듯 괴상한 소리를 내었다.

갈색인지 보랏빛인지 엷은 색깔이 은은히 깔린 보안경을 벗자 담임 선생님의 얼굴은 대단히 인자한 어머니와 같은 모습으로 돌아왔기 때문이다.

"어머나, 이웃집 아줌마!"

드디어 허점을 발견한 건지 '기회는 이때다'라고 생각했는지 1학년 때부터 '말괄량이 삐삐'로 통하는 지선이 서슴없이 테이프를 끊었다.

"꿈꾸는 듯 매력적인 까만 눈동자여!"

행여나 뒤질세라 수다쟁이 현희도 한마디 거들었다.

선생님이 빙그레 웃으시자 어디서 오는 매력인지 굉장히 아름다워 보였다.

"선생님 젊으셨을 때는 미인 소리 들었겠어요?"

"선생님, 결혼하셨어요?"

"혹시 우리들 정도의 아들은 없나요?"

언제 그랬느냐는 듯 아이들의 분위기는 확 풀어져서 모두 한바탕 깔깔거리며 웃어댔다.

"이 녀석들이, 고등학생이 있지. 중학생도 있고."

"둘 다 아들인가요?"

이성이라면 무조건 좋아하는 여학생들의 눈빛이 초롱초롱 빛났다.

"한 번만 만나볼 수 있다면."

호숙은 아예 유행가 곡에 맞추어 노래를 불렀다.

"자, 이젠 그만 떠들고 지금부터 자리를 정해주겠어요. 모두 복도로 나가 키순으로 줄을 서 봐요."

아이들은 떠들며 웃으며 복도로 나와 짝이 되고 싶은 아이들끼리 손목을 꼭 붙들어 잡고 재빨리 2열 종대로 줄을 섰다.

"아니다. 넌 키 작은 꼬맹이가 왜 이렇게 뒤에 서 있어. 앞으로 가!"

선생님은 나래 옆으로 다가와서 호통을 탕탕 치며 무섭게 굴었다.

나래는 1학년 때부터 줄곧 친하게 지낸 정숙과 짝이 되고 싶어서 맨 뒤쪽에 가 서 있었다. 입학할 무렵만 해도 정숙이나 나래나 비슷하게 작은 편이었는데, 정숙인 2학년 때 무척 키가 커버렸다.

나래는 키가 작기 때문에 1, 2학년 동안 줄곧 앞줄에 앉아서 출석부나 백묵 심부름은 물론, 선생님들이 쏟아내는 이슬 같은 침방울 세례를 끊임없이 받아야만 했다.

출입문 쪽에 앉아 있을 때는 열려진 문은 닫아야 하고, 닫힌 문은 열어야 하는 고통을 사시사철 겪어야 하는 문지기 노릇도 피할 수가 없었다.

어쨌든 갑작스런 호통에 얼굴이 새빨갛게 붉어진 나래가 어슬렁거리며 앞쪽으로 걸어오자 혼자 서 있던 미진이가 반갑게 맞이했다.

미진이 이야길 하자면 끝이 없다.

나래는 미진이 옆에 서자마자 눈을 딱 감아버렸다.

"자, 그럼 차례대로 교실에 가서 자리에 앉아요. 특별히 시력이나 청력이 나쁜 사람은 앞으로 나오도록, 단 안경이나 보청기로도 안 되는 사람에 한해서입니다."

결국 담임은 이유 없이 자리를 바꿔달라는 요청일랑 받아주지 않겠다는 뜻을 명확히 밝힌 것이다. 순간적으로 미소를 싹 거두며 말씀하시는 최 선생님, 더 이상 무슨 말을 하리요.

눈치 하나는 세상에서 둘째가라면 서운해 할 여학생들의 집합인데 이렇게 융통성 없는 선생님과 아침, 저녁으로 만나야 한다니, 아니 국어 선생님이라서 적어도 일주일에 다섯 시간은 수업을 들어오실 텐데. 교실 안은 첩첩산맥이 가로막힌 분위기가 되어 다시 잠잠해졌다.

"중 3년은 무엇보다도 진학 문제가 첫 번째라고 생각합니다. 먼저 실력을 쌓아놓고 가고 싶은 학교로 전원 진학해야 할 의무와 권리를 꼭 수행해야…."

"의무와 권리? 국어 선생님이니까 맞는 말을 하신 거니? 좀 억지 같지 않니?"

"저 뒤에서 지금 조잘대는 학생 일어서요. 번호와 이름을 대도록!"

아이들은 흠칫 놀라며 모두 뒤쪽을 바라보았다.

"35번 신기원입니다."

"좋아요. 35번이라고 했지? 3학년 5반이니까 35번이 우선 임원 선거 전까지 임시 반장을 맡아하세요."

"아뿔싸!"

우리들의 예상과는 전혀 핀트가 안 맞았다. 기원일 일어세울 때는 무슨 벼락이라도 금방 떨어질 것 같더니만 담임 선생님은 또다시 안경을 벗으며 부드럽게 말했다.

"임시 반장은 내가 교무실에 갔다 오는 사이에 칠판에다 새로운 시간표를 적어 놓도록 하세요."

담임 선생님은 기원에게 시간표가 적혀 있는 인쇄물을 넘겨주시고는 유유히 밖으로 나가셨다.

"야, 우린 이제 일 년 동안 죽어났다."

"도대체 감을 잡을 수가 없구나, 호랑이니? 천사니?"

"아니야, 겉으론 무서워 보여도 인자하실 것 같아. 우리들이 잘만하면 멋진 일 년이 될 것 같은데?"

"뭔가 군대식 같은 기분이야. 임시 반장도 그냥 임명하고 말이야. 그렇게 뽑는 게 어디 있니?"

"그야, 진짜 임원 선거 땐 안 그러겠지."

아이들은 반으로 갈라져서 담임 선생님에 대해 서로 느낀 첫인상을 가지고 입씨름을 해댔다.

구사일생으로 살아난 것 같은 기원이 흐뭇한 미소를 띠며 시간표를 적어주자 아이들은 당장 내일부터 6, 7교시로 이어지는 교과목들을 옮겨 적으며 하나같이 죽을상을 하고 있었다.

나래도 한숨을 길게 내쉬며 '하느님 맙소사!'라고 중얼거렸다.

더욱이 가슴 답답한 일은 꼭 함께 앉고 싶었던 정숙이가 공부 잘하는 화연이와 짝이 된 것이다. 나래의 짝인 미진은 얼굴일랑 그런 대로 예쁘장하게 생겼다. 하지만 2학년 때 가출 경력까지 갖고 있는 문제 학생으로 작년 일년 내내 윤금희 선생님의 속을 무던히도 썩혀드린 장본인이다.

학교 규칙 위반은 물론 무엇 하나 학급 일에 협조하는 일이 없는 아이.

하필이면 그 아이가 짝이 되다니 나래는 오늘 새벽 비몽사몽 결에 꾼 꿈들이 모두 하얀 연기가 되어 날아가 버리고 도대체 기분이 말이 아니었다.

2. 단짝 친구

"권 선생님이 가시지 않고 우리 담임이 되셨다면 얼마나 좋았겠니? 그랬다면 너무 기뻐서 기절을 해버렸을 거야. 아휴, 보안경을 낀 이웃집 아줌마와 일 년간 싸울 걸 생각하니."

"얘, 그런데 권영일 선생님은 왜 고등학교로 가셨다니?"

"그야, 출세를 빨리 하시려고 그랬겠지. 어디 중학생들이 고등학생들만 하겠니? 또 그렇게 훌륭하신 분은 알려지지 않은 학교에 계시는 것보다 이름난 학교에 계시는 편이 훨씬 좋겠지."

"그럴까?"

"그럴까가 뭐야. 그 선생님은 일류 대학원에서 박사 학위 공부까지 하고 계시니까, 또 아니? 대학 교수로 가실지도."

"하긴 그래."

나래는 하굣길에 정숙의 풍부한 상상력을 부러워하며 공연히 어깻죽지로부터 기운이 쑥 빠지는 느낌을 받았다.

정숙은 나래의 기분일랑 아랑곳하지 않고 혼자서 한참 동안 지껄여댔다.

"야, 정숙이 너 오랜만이구나!"

갑자기 전봇대 같이 커다란 남학생이 나래와 정숙의 앞을 딱 가로막으며 말을 건네 왔다.

"어? 우람 오빠, 웬일이야?"

"웬일이긴. 나 여기 D외고 다니잖아."

"참 그렇지, 작년에 한바탕 떠들썩했었지? 우리 엄만 며칠을 두고 오빠 이야기만 꺼내면서 날더러 공부 안 한다고 얼마나 달달 볶았었는데."

"하하, 그랬었니? 야, 저기 떡볶이 집에 들어가서 이야기할까?"

"싫진 않지, 자 나래야, 가자!"

정숙인 망설이는 나래의 팔을 꽉 붙들어 잡고 정말로 우람하게 생긴 남학생의 뒤를 서슴없이 따라가는 것이었다.

말이 고등학생이지 교복이랍시고 회색 마이에 빨간 넥타이로 목을 꽉 조여 맨 차림이어서 학생인지 청년인지 나래에겐 다 늙은 아저씨처럼 느껴졌다.

"야, 네 친구 제법 귀엽게 생겼는데 이름이 뭐니?"

"아니, 다 큰 숙녀 앞에서 직접적으로 귀엽다는 말을 함부로 쓰다니? 하여튼 이 아가씨의 이름은 강나래야. 얘, 정식으로 인사해라. 여기 이 오빠 이름은 이우람, 우리 엄마의 친구 아드님이시고 길 건너편 두리 예식장 근처에 살고 있어."

"만나서 반갑습니다."

"네."

나래는 떡볶이를 입에 넣다 말고 고개를 끄덕이며 인사에 응했다.

그런데 이 우람인지 가람인지는 끈질기게 나래에 대해서 알고 싶어 하는 눈치였다.

"정숙인 내가 알다시피 그저 그럴 것이고 나래는 공부를 잘하니?"

"아휴, 오빠 말하는 솜씨 입맛 떨어져. 날 어떻게 알고 막말을 하쇼? 나도 2학년말에는 등수 안에 들어서 화젯거리가 됐다고요."

"아, 그래? 그것 참 기쁜 소식인데."

"그리고 내 친구는 공부도 잘하고 재주도 많아서 누구나 알아주는 모범생이고 특히 우리 학교에서 제일 매력 있는 노총각 선생님이 '강나루, 강나루' 하면서 얼마나 예뻐하셨다고."

"히야, 이거 참 영광입니다. 악수 한번 합시다."

'이런 뻔뻔한 친굴 봤나?'

나래는 고개를 옆으로 흔들고는 떡볶이만 하나 더 집어 입에 넣었다.

"참, 그런데 그 멋쟁이 권 선생님이 오빠네 학교로 전근 갔다! 와, 얼마나 실력 있는 분이신데."

정숙이가 갑자기 호들갑을 떨며 권 선생님의 이야기에 열을 올렸다.

"아니, 나보다 더 멋져?"

능청스럽게 맞장구치는 우람을 향해 나래는 눈을 힐긋 흘겨 주었다.

 날씨가 쌀쌀한 탓인지 별로 좋아하지도 않던 떡볶이가 그런 대로 맛이 있었다.

 "그만 일어나자."

 나래가 먼저 일어서며 정숙일 잡아끌었다.

 "그래, 오빠 잘 먹었어. 다음에 만나면 또 사 줘, 거절하지 않을 테니."

 "좋아, 나래 양. 내년에 우리 학교에 꼭 들어와요, 그것도 독일어과 직속 후배로. 알았지?"

 별안간 존댓말까지 써가며 우람인 눈을 찡긋거리며 계산대로 걸어갔다.

 나래는 얼른 정숙이 손을 끌고 나와 재빨리 아랫길로 내려왔다.

 "아휴, 배가 고파서 먹긴 했지만 그 오빠 왜 그렇게 능글맞니?"

 "응, 원래 좀 그런 데가 있긴 있어. 하지만 나쁜 오빤 아니야, 모처럼 만나니까 떡볶이를 사 준 거지, 어쨌든 D외고에 간걸 보면 알만 하잖아, 공붓벌레야."

 "글쎄, 공붓벌레 같아 보이진 않던데."

 "얘야, 오늘 우리 집에 가서 수다나 더 떨고 갈래?"

 "아니야, 빨리 집에 가야지, 그리고 미장원에도 가야지."

 "너 정말 담임 선생님 말대로 단정하게 머리카락을 자르려고 그러니?"

 "오늘 보았잖아, 한번 한다 하면 꼭 하고야 마는 성품 같더라."

"아서라, 그 거무튀튀한 얼굴에 머리카락까지 싹둑 잘라 놓으면 별로 멋있을 것 같진 않은데. 그 동안 네가 귀엽다는 말을 들어온 것도 순전히 그 양 갈래 머리 모양 때문이란 걸 명심하라고!"

"넌 왜 머리 모양을 그렇게 짧게 하고 다니면서 그러니?"

"그야, 개성이지. 개성! 요즘 세상은 개성 시대란 걸 모르니? 난 어렸을 때부터 사내처럼 커왔으니까 이런 스포츠머리 모양 외에는 잘 어울리지 않아, 또 빗질하기도 편하고."

"그래 알았어. 개성 시대, 그럼 나도 좀 더 상황을 살펴가면서 버틸 만큼 버티어 볼까?"

"오우, 잘 생각했어, 그래야 너하고 나하고 함께 다니면 어울린다는 말을 듣지, 데이트하는 남녀 한 쌍처럼 말이다."

정숙이 나래의 어깨 위에 팔을 덜컥 올려놓으면서 말하자 나래는 간지러워서 몸을 움츠리며 뒤로 빠져나갔다.

"그럼 잘 가."

"그래 내일 만나자!"

언제나 명랑하고 사교적인 정숙이 때문에 아까 학교에서 가슴 답답했던 나래의 기분은 어느새 봄눈 녹듯 사라져 버렸다.

"다녀왔습니다."

"그래, 새 담임 선생님은 누구시니?"

현관문을 따주며 엄마는 내내 벼르기라도 한 듯 캐물었다.

"네, 다른 학교에서 새로 오신 분이신 데 이웃집 아줌마 같아요."

"어머, 그럼 엄마 나이쯤 되어 보이던?"

"네, 약간 젊어 보이는 것 같기도 하고."

"그럼 자상하시겠구나."

"모르겠어요. 잔소리하시는 건 엄마하고 비슷할 것 같고."

"자식도, 선생님 성함은?"

"얼핏 들어서 모르겠는데 제 귀에는 최고집 선생님이라고 들렸어요."

"뭐라고? 하하하하! 그 선생님 개성이 돋보이시나 보구나."

"글쎄요."

나래가 귀찮아하며 자기 방문을 열고 들어간 뒤에도 엄마는 소파에 앉아 계속해서 큰 소리로 웃고 있었다.

나래는 보랏빛 표지의 일기장을 책꽂이에서 꺼냈다.

"모처럼 깍쟁이 언니가 사다 준 일기장인데 아직 한 번도 안 썼으니."

사실 언니가 생일 선물을 챙긴 건 이번이 처음이다. 깜빡 잊었다던가, 무슨 약속이 있다고 핑계를 대던가, 정말 멋없는 언니, 그런데도 내 친구들은 우리 언닐 부러워했다. 앞에 말한 D외고를 나와 명성 있는 대학교의 영문과에 다니기 때문이다.

"참, 나래야, 점심 안 먹었지?"

"괜찮아요. 떡볶이로 때웠어요. 정숙이랑 함께."

나래는 다시 일기장을 만지작거리며 혼잣말로 중얼거렸다.

'일기장아, 나하고 약속이다. 중학교 마지막 학년을 영원한 추억으로 간직하고 싶으니까, 혹시 내가 널 깜빡 잊고 그냥 자려고 하면 날 부르란 말이야. '이 게으름뱅이 아가씨야, 일기를 써!' 하고 호통을 쳐도 좋아. 참 네 이름을 뭐라고 지을까?'

'좋아, 널 '비밀의 요정'으로 부르겠다. 넌 나의 싱그럽고 깜찍한 꿈을 자유롭게 펼칠 수 있는 대공원의 널따란 잔디밭이나 푸른 숲에서 이슬만 먹고사는 보랏빛 망토를 입은 요정이란 말이다. 아니야. 그냥 우리 학교 운동장 한쪽에 자리한 등나무 밑 그 벤치에서 나를 지켜봐 주는 수호신이라 해도 좋겠다. 알았지? 내가 널 부르면 '네' 하고 금방 달려와서 나의 모든 얘기를 들어주고 시비를 가려주고 때로는 충고도 해주고 용기도 불어넣어 주면서 날 올바른 길로 가도록 이끌어 달란 말이다.'

"똑똑!"

대답도 하기 전에 엄마는 과일 접시를 들고 들어오며 히죽히죽 웃었다.

아까 나래가 한 말이 지금까지도 우스워 죽겠다는 표정이다.

"그래, 네 짝도 정해졌어?"

"짝에 대해선 차차 말하겠어요."

"그러니까 별로 마음에 드는 친구가 아니란 말이지?"

나래가 아무 대답도 안 하자 엄마는 사과 한 쪽을 포크로 쿡 찍어 주며 화제를 바꾸었다.

"얘야, 너 올해도 반장에 출마할 거니?"

"언젠 제가 하고 싶어서 했어요? 엄마가 자꾸만 하라니까 하는 거지. 중3 때는 공부만 열심히 해야 한다고 수없이 말씀하셔놓고선 또 딴 소리에요? 이젠 그런 거 귀찮아서 안 해요. 기대하지 마세요."

"그야, 그렇지만 내가 너희 학교 어머니 회장인데 우리 딸이 반장도 안 한다면 좀 그렇지 않니?"

"엄마도 이젠 어머니 회장 그만하면 될 것 아니에요. 지난달에 선배 언니들 졸업식 때 감사장까지 받았으면 됐지요. 더 하고 싶어요?"

"그래도 우리 막내가 졸업할 때까지는. 아마 학교에서도 한 해만 더 해달라고 부탁해 올게다."

"그만두세요. 난 엄마 때문에 하고 싶은 일, 하고 싶은 말도 제대로 못할 때가 많단 말이에요."

"그건 왜?"

"아이들은 선생님들께서 날 많이 봐주고 있다고 생각하거든요. 내가 열심히 노력하는 건 생각 안 하고."

"얘 좀 봐, 사춘기 때 질투 빼놓으면 죽은 시체지. 그런 건 아무 상관없는 거야. 예나 지금이나 특히 여학생들은 항상 삐쭉삐쭉! 정말이지 선생님들은 타고나신 분들이야. 저런 애들을 데리고 생활하다보면 어디 속상한 일이 한두 가지겠어? 난 겨우 둘 가지고도 힘이 드는데."

"어쨌든 엄마가 학교에 드나드는 것 난 무조건 반대에요. 알았죠?"

"그래도 엄마가 다른 사람들보다 적극적이고 똑똑해 보이니까 그런 자리에 나서지, 오히려 자랑스럽지 않니?"

"어휴! 착각은 자유에요. 별로 알려지지도 않은 학교에서 어머니 회장을 한다고 하면 누가 눈 하나 깜짝할 것 같아요?"

"하기야, 네 말이 맞다. 어쩌다가 난 집에서 파묻혀 살며 팔자에 없는 자식까지."

"네? 엄마 그게 무슨 말씀이세요?"

"응? 아니야, 아무 것도. 어머나, 보리차 물이 다 닳아졌겠다."

나래는 허둥지둥 밖으로 뛰어나가는 엄마의 뒷모습을 보며 고개를 갸우뚱거렸다.
　아직 한 번도 그런 모습을 본 일이 없었기 때문이다. 언제나 의젓하고 명랑한 성품에 누구에게나 친절한 어머니, 이목구비 어느 한곳 나무랄 데 없는 얼굴이다.
　"너희 엄마 젊었을 때는 미인이란 말 참 많이 들었겠다. 지금도 예쁘시지만."
　친구들은 물론이고 학교 선생님들도 똑같은 말을 여러 차례 했기 때문에 이젠 면역이 되어 반갑지도 않은 말이다.
　'내가 말을 너무 함부로 했나? 엄마가 왜 저러시지?'

3. 말괄량이 합집합

"얘들아, 영어 책들 빨리빨리 내놓아!"

임시 반장인 기원이 아이들을 빙 둘러보며 지시를 했다,

"드디어 오신다!"

현희가 엉덩방아를 찧으며 일어섰다 앉았다하더니 마침내 인기척이 나자 '드르륵!' 하고 출입문을 활짝 열어 젖혔다,

"어머나, 핸섬 보이!"

아이들이 입을 좍 벌리며 감탄사를 연발할 때, 새로 부임해온 영어 선생님은 벌써 칠판에다 이름 석 자를 써놓았다. 아니, 두 자 뿐이었다.

"한 철"

"선생님, 가운데 자가 빠졌어요."

"그건 우리 아버님이 처음부터 빼놓고 지으셨으니까."

말꼬리를 흐리며 얼굴이 붉어지는 영어 선생님, 성우보다도 더 멋진 목소리에 눈웃음까지 치는 총각 선생님이 친애하는 5반 교실에 오실 줄이야, 아이들은 서로에게 눈을 찡긋거리며 야릇한 미소를 짓고 있었다.

"선생님, 결혼하셨어요?"

그냥 보기에도 소년 같은 선생님에게 주책없는 수원이가 한마디 내뱉었다.

선생님은 빙그레 웃으며 영어 책을 펴들고 첫 단원명을 적으려고 뒤돌아섰다.

"메뚜기도 한철이지요?"

누구의 입에선지 장난말이 튀어나오자 노래 잘하는 호숙이가 가만히 있질 못했다.

"미나리는 사철이요, 장다리는 한철이라."

콧소리를 섞어가며 흥얼대자 교실 안은 온통 웃음바다가 되었다.

"자, 앞으로 많은 시간이 있을 테니 농담은 뒤로 미루고."

"선생님 '앞으로 뒤로'를 합친 숙어는 뭐에요?"

커트 머리에 우락부락 남자같이 생긴 정숙이가 굵직한 목소리로 말을 꺼내자, 아이들은 책상을 두들기며 웃어댔다. 영어 선생님은 잠시 아무 말도 못하고, 교탁 위에다 영어 책을 놓았다 들었다 안절부절 어찌할 줄 몰라 했다.

"얘들아, 좀 조용히 해!"

나래가 일어서서 아이들을 조용히 시켰을 때는 이미 영어 선생님은 교실에 없었다.

"어떻게 된 거야?"

"우리들이 좀 심했나?"

"우하하하!"

뭐가 그렇게도 재미있고 신나는지 아이들은 계속 재잘거리며 시끄럽게 떠들어댔다.

"임시 반장, 가서 선생님 모셔 와!"

나래가 기원에게 말하자 기원이 짝인 예은이 말대답하고 나섰다.

"잘난 체 하지 마! 강나래, 기원인 어디까지나 임시 반장이야. 아쉬운 사람이 우물 판다고 네가 가서 모셔오지 그래?"

"김예은! 너야말로 얌전하게 굴어. 학생회장이면 다야? 아무한테나 큰 소리 쳐도 되는 줄 알아?"

나래는 가만히 있는데 정숙이 벌떡 일어서서 야무지게 따졌다.

다음은 체육 시간이다.

"얘, 빗 좀 빌려 줘."

"내 머리 모양 괜찮니?"

"그래, 최진실 같다. 아주 예뻐!"

"그럼, 나가자!"

"잠깐만, 체육복이 작아져서 잘 안 들어가."

진희와 소연이가 거울 앞에서 모양을 내고 막 나가려 할 때 경아가 볼멘소리를 내며 따라나선다.

"히야, 대단한 아이야!"

소연이가 경아를 앞세워 놓고 까르르 웃자 진희도 뒤로 한 걸음 물러선다.

"잠도 적게 자고, 음식량도 줄이고, 수영도 좀 해보지 그러니? 아니면 에어로빅이라도."

남산만한 엉덩이를 뒤뚱거리며 걷고 있는 경아의 모습은 별명 그대로 '백돼지'였다.

"너희들 이리 와, 한쪽에 서 있어!"

2학년 때에도 체육을 가르쳐 주셨고 제일 믿음직스런 선생님으로 인기투표에서 두 번째 가라면 서운해 하실 '우리들의 호프' 이동호 선생님, 일명 '호동왕자'다.

"집합하는데 무려 20분 걸렸어. 이래가지고 어디 체력장 점수가 나오겠나?"

체격이 좋고 미남이신 호동왕자님이 벽력같은 소리로 아이들의 기를 죽인다.

"열차! 열차!"

'열중 쉬어!' 자세와 '차렷!' 자세를 합쳐서 한꺼번에 부르기 때문에 아이들은 정신이 없었다.

발을 떼었다 붙었다. 손은 등 뒤로 올렸다 내렸다. 그런 중에서도 말괄량이들의 잡담 소리는 끊임이 없다.

"뒤로 돌아 갓!"

"구령 맞춰 갓!"

"지금부터 운동장 열 바퀴 돈다. 자, 출발!"

호루라기를 휙! 불어 놓고 아이들이 줄을 맞춰 뛰고 있을 때, 호동

왕자님은 세 사람의 앞으로 다가왔다.

"너희들은 저쪽 계단을 뛰어서 오르내리는 거다. 스무 번이야. 시작!"

"으응, 선생님!"

애교스런 소연이가 몸을 비틀며 호동왕자님의 팔을 감아 잡았다.

"이 녀석아, 그런 애교로는 안 통해!"

"선생님, 저기 3학년 9반하고 우리 합반 수업해요!"

진희가 운동장 동편에서 농구 연습을 하고 있는 남학생들을 가리키며 말을 하자, 경아도 그 육중한 체격으로 펄쩍펄쩍 뛰며 호동왕자에게 매달렸다.

"그래요, 선생님, 난 9반 남학생들이 어쩐지 좋더라."

"뭐라고? 이놈들이 정말 안 되겠네."

체육선생님이 계단 위에 잘 모셔둔 몽둥이를 집자마자 아이들 셋은 정신없이 뛰어서 반 아이들이 뛰고 있는 대열의 맨 뒤로 달려갔다.

"질서!"

"훈련!"

왼쪽 두 줄이 '질서!' 하면 오른쪽 두 줄이 '훈련!' 하면서 아이들은 힘껏 뛰었다.

이마에는 땀방울이 송알송알 맺힌 채로. 아무리 화를 내도 멋지게만 보이는 호동왕자님과의 즐거운 체육 시간, 일주일에 세 번 가지고는 양이 안 찼다.

"난 체육 선생님이 최고 멋져!"

"아니야, 아이돌 같이 생긴 영어 선생님도 괜찮지 않니?"

"유부남이래도 좋아. 난 체육 선생님만 보고 있으면 마냥 황홀해지거든!"

"참, 너희들도 병이다, 병!"

진희와 소연이가 화장실에서 손을 씻으며 이야기를 나눌 때, 은주가 사이에 끼어들며 말했다.

"아니, 너, 미진이 언제 왔니?"

"체육 시간에…."

"너 그러다 보안경 아줌마한테 혼나면 어떻게 할래?"

"염려 마, 너희들 걱정이나 하라고."

미진은 책가방 안에서 검정 구두를 꺼내어 신으며 휘파람까지 불어 댔다.

"빨리 들어가자. 수학 시간이지?"

은주가 소연이 진희의 등을 밀다시피 하여 교실로 들어갈 때 미진은 1반 교실 쪽으로 서서히 걸어가고 있었다.

"일용이 엄마?"

"아닐 걸, 투투나 윤가이버 아닐까?"

아이들이 들어오실 선생님에 대해 점을 치면서 수학 선생님들의 별명을 하나하나 대고 있을 때였다.

"내 말이 맞지?"

"우."

파마머리를 제멋대로 흩날리게 내버려두고 다니는 노처녀 선생님이 교실 문을 살짝 열고 들어오자 아이들은 별로 달갑지 않은 표정으로 인사를 했다.

"작년에 나한테 배운 사람 손들어 봐요."

이쪽저쪽에서 마지못해 손을 드는 아이들이 열 명쯤 되었다.

"잘 모르는 사람도 있을 테니 내가 날 소개하죠. 이름은 이기자. 나이는 서른일곱. 노처녀에요. 또 작년에 이 학교에 와서 얻은 별명은 일용이 엄마고요. 내 목소리가 좀 떨리게 나와서 그러나 본데 괜찮아요. 또 궁금한 것 있으면 물어보세요."

아이들은 기가 탁 막혀서 할 말을 잊고 앉아 있자, 수학 선생님은 눈을 몇 번 깜빡거리고 나서는 말을 이었다.

"내 정신나이는 여러분과 똑같아요. 이팔청춘이죠. 꿈과 낭만이 있는…."

그리고는 운동장 쪽에 있는 창문가로 가서 운동장을 내다보며 또 계속했다.

"이성을 보면 설레고 열려 있는 새장 속에 갇혀 있는 새처럼 가슴 두근거리며 나가 볼까 말까, 나가면 저 푸른 하늘을 나를 수가 있을까, 아니면 금세 목덜미를 잡혀 다시 갇히지는 않을까. 벗어나고 싶으면서도 벗어나지 못하는 게 학창 시절이죠. 선생님은 학생부에서 교내 생활계를 맡고 있으니 되도록 내 앞에 불려오지 않도록 주의하는 게 좋겠지요."

"으악! 그 담배 사건!"

누구의 입에선가 외마디 소리가 나자 아이들은 모두 소리 나는 쪽을 향해 몸을 돌렸다.

말을 한 아이는 분명히 수원일 게다. 하지만 수원인 시치미를 뚝 떼고 옆으로 고개를 돌려 두리번거렸다.

담배 사건이야말로 아는 아이들은 알고 모르는 아이들은 모를 것이다. 지난해에 화장실에서 연기를 뿜어내던 십여 명의 남학생들이 수학 선생님한테 걸려들었던 이야기다.

그 남학생들, 그러니까 얼마 전에 졸업을 한 상급생들 중에서 소위 지하 조직파로 명성이 높던 날라리들(?)이 등나무 밑에서 수학 선생님의 기발한 벌을 받아야만 했다.

"나 보는 데서 앞으로 열 번 피울 담배를 지금 한꺼번에 피우란 말이다."

수학 선생님은 그들에게 억지로 담배를 피우게 하였다. 담뱃불을 꺼뜨리거나 떨어뜨리지 못하게 계속 감독을 하면서 말이다.

그 바람에 등나무 아래 쉼터가 온통 담배 연기로 가득 차서 아이들이 통과하기도 힘들었을 뿐만 아니라 가까운 교실에서 수업을 하던 선생님들까지 나와서 그만 하라고 눈살을 찌푸렸다. 벌을 받는 아이들의 얼굴은 완전히 누런색으로 변하고, 숨이 막혀 모두 캑캑거릴 정도가 되었다. 수학 선생님은 또 장풍(손바닥으로 가슴을 툭 밀어붙인다 하여 붙여진 또 하나의 별명)으로 그들 한 명 한 명을 저만큼 밀어붙이며 잘못했다고 싹싹 빌게 만들었다.

결국 교감 선생님이 직접 등장해서 사건은 마무리되었지만, 그들은 한 달 이상 수학 선생님을 피해 다니느라 진땀을 뺐다. 그 뒤로 학교에서는 더 이상 흡연을 하는 불량 학생들이 나타나지 않았으니 그 성과는 알아줄만 했다.

그 밖에도 실내화를 신고 밖으로 뛰어나간다든가 반대로 운동화를 신고 실내로 들어오다가 수학 선생님의 눈에 띄기라도 하면, 상상을 초월하는 벌을 받게 된다는 걸 전교생 대부분이 알고 있었다.

"그래도 그 사내 녀석들이 졸업을 하게 된 것은 순전히 내 덕분이다. 의리 있는 녀석들 졸업식 날 고맙다는 선물까지 나에게 주고 갔지 뭐냐."

"무슨 선물이었어요?"

아이들은 어느새 긴장을 풀고 수학 선생님에게 질문을 했다.

"예쁜 바구니에 담긴 선물, 마네킹 시체 손이었지만 그 아이들은 그걸 준비하느라 얼마나 마음고생을 했겠니? 아마 고등학교에 가서는 모범생이 되어 있을 거다."

"와아, 대단한 선배들이야!"

수학 선생님은 아예 첫 시간을 군기 잡기로 보내려고 마음먹은 것 같았다.

"선생님, 공부하지요."

아니나 다를까 청개구리 심보를 닮은 여학생들이 가만히 있을 리 없었다.

"진정으로 공부를 하고 싶단 말이지?, 난 그 말이 나오길 기다렸어. 그럼 모두 책을 펴도록!"

노처녀 선생님의 유도 작전에 넘어간 아이들은 어쩔 수 없이 책을 펼쳐야만 했다.

4. 유별난 아이

종례 시간이다.

아이들은 일곱 시간 동안 일으켰던 회오리바람을 잠재우고 언제 그랬느냐는 듯 아주 차분하고 단정한 모습으로 새침을 떨고 앉아 있다.

"좋아요. 각 조의 조장들은 오늘의 생활 카드를 가지고 나오세요."

그러자 맨 뒷줄의 키 큰 여자애들이 재빨리 달려 나와 교탁 위에 노란 카드를 한 장씩 올려놓고 들어갔다.

"아니 뭐에요? 오늘 하루 동안 한 번도 수업 시간에 걸린 사람이 없단 말이지요? 교실 바닥에 떨어진 휴지 한 장도 없었고? 응, 8조만 제대로 적었군. 1조의 두 번째 줄 책상 밑에서 연습 종이 한 장 발견,

그리고 장미진은 수학 시간에 자리를 비웠음."

담임 선생님은 얌전하게 앉아 있는 미진을 슬쩍 넘겨보고는 출석부를 펼쳤다.

"응, 결과 표시가 되어 있군. 오늘 청소 당번은 1조가 되겠어요. 그렇지만 8조의 허소라를 빼놓고는 다른 조장들은 믿을 수가 없는 걸."

"맞아요. 갈아치워요. 모두가 거짓말쟁이에요. 아휴, 8조는 얼마나 떠들었는데요."

"조용히들 하세요. 어쨌든 다음주 월요일에는 임원 선거가 있을 예정이니까, 그 때까지만 맨 뒷사람들이 조장으로 활동하면 되겠어요."

선생님이 그 커다란 눈을 부릅뜨면서 아이들을 빙 둘러보자 금세 교실은 잠잠해졌다.

"긴 이야긴 안 하겠지만 각 과목 시간마다 정신 차려 수업에 임하도록, 도대체 여학생들의 모임이 왜 그 모양이죠? 영어 시간엔 얼마나 장난치고 떠들었기에 한 선생님의 얼굴이 빨개져 가지고 수업 중간에 교무실로 내려오셨을까?"

"우린 장난치지 않았어요. 그저 질문을 했을 뿐인데."

"선생님, 우리들의 E.T가 너무나 순진한 것 같아요."

"뭐라고? E.T? 너 일어서!"

드디어 삐삐 지선이 불려졌다.

"오해 마세요, 선생님. E.T란 English Teacher의 약자일 뿐인 걸요. 선생님 학교 다니실 때는 그런 말이 없었어요? 이건 유행어도 아니고 비어나 속어는 더더욱 아니잖아요."

지선이 몸을 비비꼬며 애교를 떨자 선생님은 못 이기는 척 손짓으로 지선일 앉게 했다.

"모두가 여러분들을 위해서 하는 이야기니까 흘려듣지 말아요. 지난 시간에도 말했지만 시간표대로 예습, 복습을 철저히 하고 수업 시간에 잘만 들으면 학원이나 과외 공부 같은 게 전혀 필요치 않아요. 더 길어지면 잔소리가 될 테니 이만 끝내겠어요. 장미진은 집에 가기 전에 교무실에서 나를 만나고 가도록!"

선생님이 나가자 1조 아이들이 억울하다는 표정으로 비와 걸레를 찾아들었다.

"얘, 미진아, 너 담임 선생님께서 교무실로 오라셨잖아."

"걱정 말고 네 일이나 잘해."

비질을 하려던 나래가 아직도 자리에 앉아 있는 미진에게 친절하게 말하자 미진은 책가방 속의 책들을 책상 속에 몰아넣으며 통명스럽게 대답하였다.

"수업이 모두 끝났는데 책은 왜 책상 속에다 넣으면서 그러니?"

"글쎄, 상관하지 말라니까!"

미진인 기분이 나쁘다는 듯 벌떡 일어서서 교실 뒷문으로 나가버렸다.

"정말 모를 아이야."

나래를 기다려주던 정숙이가 미진의 책상 속을 들여다보며 중얼거렸다.

"얘들아, 장미진이 지금 화장실에서 뭐하고 있는 줄 아니?"

대걸레를 빨러갔던 현희와 한솔이가 새로운 발견이라도 해낸 듯 호들갑을 떨며 들어섰다.

"가짜 책가방을 내두르며 화장실로 들어오신 미진씨, 남이야 보든 말든 가방 앞쪽 작은 주머니에서 눈썹 그리는 연필이랑 립스틱, 콤팩트 등을 꺼내 놓고 거울 앞에서 화장을 하지 뭐니?"

"정말? 설마."

"안 믿어지면 가서 직접 확인하라고. 봄바람이 제일 먼저 장미진한테 찾아온 게지."

현희가 교실 앞부분을 대걸레로 죽죽 문지르며 여유 있게 말을 하자 행여 그 광경을 놓칠세라 진희는 미끄러지듯 화장실 쪽으로 달려갔다. 잠시 후, 무엇이 그리도 좋은지 싱글거리며 교실로 들어온 진희는 책상 위에 걸터앉으며 혼잣말처럼 중얼거렸다.

"어떤 사람은 팔자 좋아서 패션모델처럼 꾸미고 님 만나러 가는데 우린 뭐니? 구질구질하게 청소나 하고 있으니."

"얘, 너야말로 2학년 때 운동장의 남학생들 구경하려다 4층에서 떨어진 장본인 아니냐?"

"하하하하!"

현희의 말에 청소를 하던 아이들이 모두 진희를 바라보며 한바탕 웃었다.

"구경이 아니라 꾀려다 그랬다며? 창가에 서서 오페라를 부르다가."

정숙이가 진희 옆으로 바짝 다가가서 캘 듯이 물어보자, 진희는 아무렇지도 않게 고개까지 끄덕이며 마치 추억이라도 되살리는 듯 즐거운 표정으로 대답하였다.

"그 때 내가 저 뜰에 있는 등나무 가지에 걸치지만 않았어도 지금쯤 하늘나라에 가서 꿈같은 생활을 하고 있을 텐데. 이 지긋지긋한 학교생활에서 탈출할 수 있는 절호의 기회를 놓친 셈이지."

"얘, 넌 그 덕분에 학교에서 최고로 유명해졌잖아. '나비소녀'하면 우리 학교 선생님들 모르는 분 없을 걸?"

"맞아. 그 가벼운 몸으로 공중을 멋지게 날아서 등나무에도 앉아보고, 다시 날아서 벤치에도 앉아보고."

"호호호호!"

"아마 너 그때 한 달 이상은 결석했었지?"

"응, 엉덩이뼈가 좀 부서졌거든!"

"얘, 그만 웃겨라."

아이들은 쓰레기통일랑 비울 생각도 안 하고 잡담을 하며 까르르 웃어대는 것이었다. 예상대로 다음 날 아침 자습 시간에 담임 선생님은 제일 먼저 미진을 찾았다.

"아직 안 왔는데요."

"누구 장미진이와 한 동네 사는 사람 없어요?"

아이들은 아예 미진에 대해서 아무 것도 모르는 것처럼 나서는 사람이 한 사람도 없었다.

"그럼, 장미진과 2학년 때 같은 반이었던 사람 손들어 봐요."

나래는 하는 수 없이 손을 들었다.

그리고는 뒤를 돌아보니 현희와 정숙이 그리고 원주도 서로의 눈치를 살피며 천천히 손을 올렸다.

"너희들 중에서 미진에 대해서 아무 것도 모른단 말이니?"

담임 선생님이 보안경 너머로 그 큰 눈을 치켜뜨자 현희가 대답했다.

"그 아인 전에도 자습 시간 같은 땐 한 번도 참석한 일이 없어요. 청소도 안 하고."

"뭐라고? 아니 그래 2학년 때 담임 선생님은 누구셨지?"

"윤금희 선생님이신데 다른 학교로 가셨어요."

담임 선생님은 고개를 옆으로 갸우뚱거리며 이해할 수 없다는 듯 한참동안 혼자서 생각하는 것 같았다.

바로 이어서 첫째 시간이 국어였다

"이런 무법자가 있나? 완전히 '먹고 대학생'이네."

선생님이 출석부에 사인을 하고 막 국어책을 펼치려 할 때였다.

"드르륵!"

빈 가방을 둘러맨 미진이가 국어 시간인 줄도 모르고 문을 열다가 깜짝 놀라 뒷걸음질을 쳤다.

"어서 들어와! 이리 앞으로 나와요."

미진인 발목까지 올라오는 검정 구두를 얼른 벗어 정숙이의 발 아래쪽에 몰아넣고 눈을 찡긋거렸다. 정숙인 재빨리 자기 실내화를 벗어 미진에게로 밀어 주었다. 선생님은 아무 소리도 하지 않고 두 사람의 행동을 지켜보고 있었다.

"얘, 선생님이 보고 계셔!"

화연이가 정숙이의 무릎을 쿡쿡 찔러댔다.

"마정숙! 그게 친구를 돕는 일인가요?"

정숙인 소스라치게 놀라며 얼굴이 빨개진 채로 똑바로 앉았다.

"장미진, 빨리 나와!"

미진은 태연스럽게 걸어 나오며 책상 위에 책가방을 넌지시 올려

놓았다.

지독한 향수 냄새가 코를 찔렀다.

"넌 왜 항상 늦게 오지? 아침 8시까지 교실에 입실해야 하는 것 모르고 있니?"

"……."

미진은 고개를 한쪽으로 틀어서 창문가로 시선을 돌리고는 선생님이 무슨 이야기를 하던 간에 자기와는 별로 상관이 없다는 자세로 무표정하게 서 있었다.

"좋아, 어젠 교무실에 안 들리고 그냥 갔는데 용서할 테니 오늘 오후엔 꼭 들리도록, 알았지?"

미진은 선생님의 잔소리가 비교적 짧다고 생각해서인지 얼굴에 미소까지 띠며 자리에 와 앉았다.

"자, 책을 펴요. 오늘은 '생활의 기쁨' 들어갈 차례죠? 누구 책을 읽을 사람? 오늘이 3월 21일이지? 21번 읽으세요."

"네."

소연이 일어서서 낭랑한 목소리로 또박또박 책을 읽었다.

"그만, 5번!"

정숙이는 생김새처럼 책 읽는 소리도 사내와 같이 우렁차고 박력이 넘쳤다.

"좋아요. 다음은 40번!"

수원이 옆 사람과 떠들고 있다가 별안간 자기 번호가 불리자 놀란 토끼 같이 두리번거리며 일어섰다.

"여기야, 어서 읽어!"

호숙이가 읽어야 할 자리를 알려주자 수원인 얼마 동안 망설이다가 책을 읽었다. 아이들이 여기저기서 키익킥 웃어댔다. 수원인 문장의 처음 시작하는 글자를 읽을 때마다 꼭 한 박자씩 늦추어 더듬거린 뒤 되풀이해서 읽었기 때문이다.

"잘 읽었어요. 다음부턴 보다 자신 있게 천천히 읽도록!"

수원인 자기 주제도 모르고 아이들에게 손가락으로 V표시를 하면서 만족한 듯이 자리에 앉았다.

"여러분들, 방금 책에서 읽은 것처럼 이 세상을 살아가는데 제일 중요한 것은 무엇보다도 생활에 쏟는 관심과 애정이에요. 관심과 애정은 곧 사랑이니까요. 그래서 선생님은 세상에서 가장 무서운 것은 '무관심'이라고 생각해요. 우선 여기 창가의 화분만 하더라도 계속 물을 주지 않고 햇볕에 놓아두면 결국 말라죽고 말지요. 겨울철엔 얼어 죽고, 여러분들 부모나 선생님들이 매일매일 하시는 잔소리는 모두 여러분을 사랑하기 때문이에요. 무관심하면 말할 필요조차 없지 않아요?"

담임 선생님은 의미 있게 말하며 미진 쪽으로 시선을 돌렸다.

하지만 미진은 벌써부터 책상에 엎드려 쿨쿨 자고 있었다. 나래가 미진의 어깨를 가볍게 두들겼다.

"그냥, 놔두렴. 무슨 사연이 있겠지."

선생님은 생각보다 부드럽게 말하고는 다시 수업을 계속하였다.

"생텍쥐페리의 《어린 왕자》를 읽어본 사람?"

제법 손이 많이 올라갔다.

선생님은 칠판에 검정 모자 모양의 그림을 그려놓고는 '코끼리를 통째로 삼킨 구렁이 보아'에서부터 이야기를 꺼내놓기 시작하였다.

"선생님, 질문이 있는데요. 들어주시겠어요?"

《어린 왕자》에 대해서 고집스런 자기 견해를 펼치고 있는 국어 선생님 아니 담임 선생님의 이야기를 중간에 딱 자르며 일어선 아이가 있었다.

학과 성적도 전교에서 1, 2등을 맡아하면서 책은 언제 또 그렇게 많이 읽었는지 어느 시간이든 간에 책에 관한 말만 나오면 꼭 나서서 선생님들과 1대 1 토론을 펼치려드는 화연이다.

"도대체 그 책이 세계적으로 유명해진 이유는 어디에 있나요?"

"글쎄."

갑작스런 질문에 선생님이 잠시 생각하는 듯하자 여기저기서 떠드는 소리가 들렸다.

"아서라, 또 잘난 체!"

"누가 책벌레 아니랄까 봐."

"다른 책은 몰라도 왕년에 그 책 안 읽어 본 사람 어디 있니?"

"선생님, 그냥 넘어가요!"

"그래, 《어린 왕자》는 어린이들을 위한 동화도 되겠지만 그보다 어른들을 위해 쓴 생각하는 동화, 말하자면 철학이 담긴 명작으로 평가받고 있지."

"예? 철학이요? 마이 달링 권영길 선생님, 보고 싶어요!"

순발력이 뛰어나서인지 기억력이 좋아서인지 철학이라는 말이 나오기 바쁘게 정숙이가 권 선생님 이름을 부르는 바람에 잠깐이나마 사색적이 되려던 교실의 분위기는 다시 원점으로 돌아갔다.

"으하하하!"

"마정숙! 방금 누가보고 싶다고 했지?"

"아니에요. 선생님!"

정숙이가 조금 미안한 듯 얼버무리자 현희가 대신 대답을 했다.

"권영일 선생님이라고, 철학을 하신다는 분이 계셨는데, 이미 D외고로 떠나셨어요. 특히 강나래가 사모하는."

"뭐라고?"

금방 얼굴이 빨갛게 된 나래가 현희를 향해 눈을 하얗게 뜨고 흘겨보았다.

이윽고 점심시간이 되었다.

"돌아다니며 점심을 먹는 사람들은 조상이 의심스러워!"

담임 선생님의 훈계를 들을 때뿐이다. 아이들은 서로서로 친한 친구들을 찾아 자리를 옮기고 의자를 뒤로 돌려 앉는 등 난장판이다.

정숙이가 어느새 나래 옆으로 의자를 끌고 와서 도시락을 펼쳤다.

나래가 보온 도시락 통의 밥을 꺼내자마자 지선이 달려들었다.

"너, 도시락 안 가져 왔니?"

"아니, 난 벌써 둘째 시간이 끝나자마자 먹어 치웠거든!"

"그러면 됐지 왜 남의 밥은 빼앗아 먹으려고 달려드는 거니?"

정숙은 지선이가 하는 짓이 못마땅하다는 듯 툭 쏘아붙였다.

"빼앗아 먹는 게 아니고 얻어먹는 거다. 세상에서 얻어먹을 수 있는 힘만 있어도 그것은 하느님의 은총이라더라."

"그런 문구는 어디서 얻어들었니?"

지선은 대답 대신 나래의 반찬을 하나 집어 입에 물고는 저만큼 물러서는 것이었다.
"어서 먹고 나가서 자판기 커피라도 한 잔씩 뽑아 먹자!"
"그래, 어서 먹고 나가자. 늦게 나가면 앉을자리도 없어."
정숙이 서둘렀다.
"참, 네 짝 미진인 점심시간마다 어디로 가버리니?"
"글쎄 말이야. 한 번도 도시락을 싸 온 일이 없었어."
"그럼 굶고 산단 말이냐?"
"모르겠어. 그런데 어딜 갔을까?"
"하기야, 1반 혜정이나 3반 영애와 함께 어울리겠지, 뭐."
"그 아이들 지금도 같이 행동하니?"
"그 버릇 개 주겠니? 반은 갈라졌지만 그네들 '의리의 삼총사'가 아니더냐?"
"3학년 때는 좀 조용히 지냈으면 좋겠는데."
"하기야. 지금도 매일 지각이나 하고, 우리 선생님이 아직 잘 몰라서 타이르고 계시지만 신이 아닌 이상 열 좀 받으실 게다."
"난 어느 땐 미진이가 불쌍하게 생각되더라. 영어고 수학 문제고 간에 기초가 너무 없는 것 같아. 수업 시간마다 처음엔 잘 듣는 것 같다가 흥미가 없어선지 이해가 안 가는지 그냥 엎드려 자버리거든!"
"아휴, 그래도 짝이라고, 동정심이 생겨나던? 되도록 가깝게 지내지 마. 너 같은 순진한 아이는 한번 잘못되면 영영 헤어나질 못할 걸!"
"잘못되긴."
나래와 정숙이 소곤소곤 이야기를 나누고 있을 때, 미진이가 숨 가쁘게 들어와 자리에 털썩 주저앉았다.

"너, 점심 어떻게 했니?"

"됐어. 상관 마!"

잔뜩 토라져 있는 얼굴로 미진이가 쏘아붙이는 바람에 나래와 정숙은 아무 소리도 못하고 계속 밥알만 씹었다.

"이건 또 뭐야?"

갑자기 나래의 책상 위로 필통이 주르르 미끄러져 오더니 나래의 반찬통이 교실 바닥으로 여지없이 떨어졌다.

"아니, 왜 그러니?"

나래가 깜짝 놀라며 미진이를 바라보자 미진이는 아무렇지도 않은 듯 서서히 일어나 다시 밖으로 나가버렸다.

"쟤가 정말? 너 가만히 있을 거니?"

정숙이가 참을 수 없다는 듯 일어서서 미진이 나간 뒷문 쪽을 노려보며 어쩔 줄을 몰라 했다.

"내 필통을 도시락 꺼낼 때 미진이 책상 위에 옮겨 놨거든, 아마 그게 못마땅했나 봐."

"얘는, 진짜 너 속이 있는 거니? 없는 거니?"

"그래도 밥을 거의 다 먹었잖아. 미진이가 무언가 매우 기분 나쁜 일이 있나 봐."

"어휴, 속 터져!"

나래는 별 일이 아닌 것처럼 교실 바닥에 흩어진 반찬들을 주워 담아 책상 위에 올려놓으며 정숙일 향하여 생긋 웃어보였다.

"너 언제부터 그렇게 호인이 다 되었니? 넌 화도 안 나?"

"왜 화가 안 나겠니? 그냥 참는 거지. 나도 내 짝이 미진이란 게 정말 싫었었는데 자꾸 이해하려고 노력하니까 차차 괜찮아지고 있어."

"그래, 장하다! 너 그런데 무슨 약을 먹어 그렇게 천사처럼 변해 가는 거야? 하느님 맙소사!"

정숙인 미진이 때문에 화났던 일은 금세 사라지고 마음이 태평양처럼 넓어 보이는 나래를 도저히 이해할 수가 없다는 듯 따지고 들었다.

"약은 무슨 약이니? 참, 원인이 있다면 딱 하나 있긴 있지. 그렇게 큰 힘을 발휘하는 건 아니지만."

"뭐라고? 원인이 있다고?"

"응, 보랏빛 망토를 입은 비밀의 요정이 밤마다 나타나서 나의 못된 성품을 고쳐야 한다고 점잖게 타이르곤 하니까."

"뭐? 요정? 얘가 점점. 너도 미진을 닮아가는 게 아니니? 종류로 따지면 좀 다르긴 하겠지만."

정숙인 더 이상 나래와 이야기하고 싶지 않은 듯 자기 자리로 돌아갔다.

"너, 자판기에서 커피 뽑아 먹자고 했잖아."

이번엔 나래가 정숙이 옆으로 다가와서 정숙이 손을 잡아끌었다.

정숙은 입을 쑥 빼물고 나래에게 눈을 흘겨주며 못 이기는 척 따라나섰다.

"우리 저기 등나무 밑 벤치로 가자, 아직 시작 종소리 안 울렸지?"

"그렇지만 등나무 밑은 응달이잖아. 봄 햇살을 맞으면서 저기 화단가에 앉자."

"난 햇빛 알레르기가 있나 봐. 등나무 밑이 좋아."

정숙은 언제나처럼 명랑하게 웃으며 나래에게 커피가 든 종이컵을 건네주었다.

"너, 이번에도 반장할 수 있지?"

"아니."

"왜?"

"그냥 싫어, 참 정숙이 네가 나가보렴."

"누구 놀릴 일 있니? 난 반장 같은 거 한 번도 해본 일이 없다."

"작년에 미화부장도 했잖아."

"야, 부장하고, 반장, 부반장하고 같니? 선도부원까지는 몰라도."

"너라면 충분히 해낼 수 있어."

"그런 소리 마. 우리 엄만 너희 엄마처럼 치맛바람이 없어서 안 된다고. 절대로 반장, 부반장일랑 출마도 하지 말란다. 우리 집에선."

"무슨 말을 그렇게 하니?"

"아니야, 그냥 해본 말이고. 어쨌든 반장이 되면 이래저래 부담이 크잖아."

"그건 그래."

"너 그러고 보니 3학년 때는 그런 거 다 치우고 공부만 해서 전교 일등 하려는 속셈인 게지?"

"아니야. 남 앞에서 나서는 게 점점 싫어져서 그래."

나래와 정숙은 해바라기를 하며 시간 가는 줄 모르고 이런 저런 이야기를 주고받았다.

5. 반장 선거

"언니, 오늘 우리 학교 반장 선거하는 날인데 어떻게 생각해?"
"뭘?"
나래가 욕실에서 나와 자기 방으로 들어가려는 언니를 불러 세우며 말하자, 언니는 퉁명스럽게 반문했다.
"나, 이번엔 반장 같은 거 안 하고 싶어서."
"그야, 네 마음이지. 누구한테 묻고 뭐하고 할 게 아니잖아."
언니는 더 이상 말상대를 해주지 않고 방문을 닫아 버렸다.
"피익."
공연히 상의를 한답시고 언니에게 말을 건넨 자신이 미웠다.
언닌 항상 저렇게 쌀쌀하고 냉정하다. 그런 줄 알면서도 나래는 철없이 달려들었다가 매번 뒤통수를 맞고 돌아서야만 했다.

'이런 바보 같으니. 아침부터 자존심만 상했잖아.'

나래는 생각할수록 화가 나서 언니의 방문을 주먹으로 '쾅!' 하고 한번 쳐준 다음 식탁 쪽으로 기운 없이 걸어왔다.

"어서 아침 먹고 학교에 가야지."

엄마는 어느새 도시락까지 모두 준비해 놓고 나래가 나타나자마자 보글보글 끓고 있는 찌개 그릇을 식탁 위에 올려놓았다.

"참, 나래야. 너 몇 반이라고 했지?"

"작년하고 똑같아요."

나래는 신경질적으로 대답했다.

'한강에서 뺨맞고 과천에 와서 눈 흘긴다'고 나래는 항상 언니 때문에 기분이 나빠지면 공연히 엄마에게 짜증을 내곤 했다.

그때마다 엄마는 아주 태연스럽게 나래의 기분을 잘 맞추어 주었기 때문에 오늘 아침의 일도 특별한 일은 아니다.

"응, 그랬다고 했지. 참 담임 선생님 성함은 제대로 알아냈니?"

엄마는 다소 저기압으로 보이는 나래의 기분을 풀어주려고 애서서 공통된 화재를 찾으려했다.

나래가 아무 소리도 안 하고 밥만 먹고 있자, 엄마는 또 다시 우스갯소리로 물었다.

"너희 선생님 이름이 지금도 '최고집' 선생님이야?"

"아휴, 참 엄마도, 최경진 선생님이래요. 이젠 됐어요?"

나래는 반절도 안 먹은 밥그릇을 밀어내 놓고 물컵을 찾았다.

"얘, 밥 좀 더 먹고 가렴. 그래가지고 어디 기운 없어서 제대로 공부나 하겠니?"

"괜찮아요."

"너 어디 아픈 거야?"

"아프긴요."

나래는 귀찮아 죽겠다는 표정을 지으며 자기 방으로 건너와 챙겨 놓은 미술 도구를 보조 가방에 넣었다.

"강나래."

"강나래."

"전화연."

"신기원."

"마정숙."

하얀 백지 위에 무기명으로 적어낸 반장 후보들의 이름이 하나씩 하나씩 공개되고 있다.

"방한솔."

"장미진?"

"하하하하!"

두 번씩 곱게 접어낸 종이를 펼쳐나가며 이름을 부르고 있는 호숙이가 별안간 후보에도 오르지 않은 미진이의 이름을 부르자 아이들은 책상을 두드리며 웃어댔다.

"누가 또 장난을 쳤니?"

아이들은 뭐가 그리도 재미있는지 시종 일관 웃음바다다.

담임 선생님은 아까부터 창문가에 기대서서 칠판에 표시되어지는 바를 정正자를 관심 있게 바라보고 있다.

"강나래."

"전화연."

"허소라."

이젠 몇 장 남지 않았다.

예상대로 나래와 화연이가 막상 막하다.

끝까지 반장에 출마하지 않겠다던 나래는 아이들의 추천에 의해서 후보가 되었고, 화연인 처음부터 당당하게 반장에 출마하겠다고 나선 것이다.

"와!"

마지막 한 장이 펼쳐지고 나래의 이름 옆에 한 금이 더 그어지자 아이들은 모두 손뼉을 치며 환호를 했다.

"강나래, 축하한다."

썩 좋은 것도 아니고 싫은 것도 아닌 얼굴로 입만 쭉 빼물고 앉아 있는 나래에게 선생님이 웃으며 말했다.

"저, 화연이에게 양보하면 안 될까요?"

나래가 일어서며 말하자 어느새 알아들었는지 화연이가 대답을 하고 나섰다.

"강나래, 축하해! 난 남이 먹다버린 음식은 죽어도 안 먹는 사람이야. 일 년간 잘해 봐!"

선생님은 여전히 웃는 얼굴로 단위에 올라서더니 나래의 이름 앞에 〈반장〉이라고 크게 써놓고 내려왔다.

"그럼 부반장은 다시 뽑는 게 좋을까요?"

임시 반장인 기원이가 아이들에게 묻자 현희가 의장의 허락도 없이 싱글거리며 일어섰다.

"시간도 줄일 겸 차점자인 화연이가 부반장이 되었으면 합니다."

그러자, 아이들은 약속이나 한 듯 일제히 "찬성합니다"라고 교실이 떠나가도록 소리를 쳤다.

선생님은 다시 화연이의 이름 앞에 〈부반장〉이라고 크게 써놓았다.

"그럼 이어서 부장들을 뽑겠습니다. 부장은 시간 관계상 거수로 하겠습니다."

거의 한 달가량 임시 반장을 해온 탓인지 기원인 제법 사회를 잘 보고 있었다.

한참 동안 술렁이던 교실 분위기가 어느 정도 가라앉자 담임 선생님은 안면 가득 흐뭇한 미소를 띤 채 서서히 입을 열었다.

"여기 칠판에 적혀 있는 사람들은 모두가 여러분이 직접 뽑은 임원들입니다. 앞으로 임원들은 앞장을 서서 학급 일에 솔선해야함은 물론이고, 여러분들은 뒤에서 잘 밀어주어야만이 보다 나은 학급이 될 수 있을 것입니다. 이제부턴 반장을 중심으로 하여 어떤 일이건 자치적으로 해나가기 바라겠습니다. 반장은 내일까지 급훈도 정하고 참, 환경 미화 심사가 다음주 금요일에 있다 하니까 각자 '주인 정신'을 가지고 최선을 다해 줄 것을 부탁합니다."

선생님의 공식적인 인사가 끝나자마자 나래가 앞으로 나와 인사를 했다.

"부족한 저를 반장으로 뽑아줘서 고맙습니다. 한 학기 동안 여러분들의 일꾼이 되어 열심히 뛰겠습니다."

"그래, 일꾼이란 말 좋지. 부지런하고 성실하게 봉사하는 사람 말이다."

담임 선생님은 고개를 끄덕이며 만족해했다.

"나래는 줄곧 반장을 해왔으니까 잘 할 거야."

정숙이 화연에게 말을 건네자, 화연인 별안간 큰소리로 말했다.

"야, 지금 내 기분이 어떤지 알아? 왜 반장은 인사를 하는데 부반장은 인사할 기회가 없니?"

"……?"

정숙인 어떻게 답해야 할지 몰라 어리둥절해서 선생님을 바라보았다.

"그래, 전화연. 앞으로 나와. 물론 부반장도 소감을 말해야지."

"아니에요. 선생님, 저도 한 마디 하고 싶어서요."

"좋아, 어서 나와."

이런 땐 보안경 아줌마도 꼭 엄격하기만 한 담임 선생님이 아니라 개성파 말괄량이들에게 잘 어울리는 자상한 엄마와 같았다.

"실은 전 이전에 반장이 안 되면 아예 부반장이나 부장 같은 것도 다 포기하려고 했어요. 그렇지만 화내지 않는 바보 나래가 저보다 월등하게 인기가 많다는 걸 알고 나니까 좀 부끄러운 생각도 들고. 어쨌든 반장을 도와서 저도 열심히 뛰겠습니다."

"전화연, 파이팅!"

정숙이 소리치자 아이들과 선생님은 아낌없는 박수갈채를 화연에게 보내주었다.

다음주 금요일이면 환경 미화 심사가 있다고 했다.

반장, 부반장을 비롯하여 각부 부장들이 남아서 환경 미화를 위한 계획을 세웠다.

미화부장인 소라의 의견에 따라 아이들은 한 가지씩 분담을 하여 늦어도 수요일까지는 90%이상 완성이 되도록 노력할 것을 약속했다.

"우리 반 아이들 모두가 매우 적극적이지?"

"말이라고 하니? 선생님들마다 우리 5반더러 '개성파 말괄량이들의 합집합'이라고 식당에 앉으시면 말씀들을 많이 나누신다더라."

"넌 별걸 다 안다. 하하하, 합집합? 그거 수학 선생님이 붙인 이름 아니니?"

"그야 모를 일이지."

"오늘 우리 반 아이들이 정한 급훈 참 마음에 들더라. '정성을 다하는 우리', '우리'라는 말은 담임 선생님이 뒤에 넣어주셨지만, '정성을 다하자'라는 것보다는 어쩐지 뭉쳐지는 힘이 담겨있는 것 같지 않니?"

"그래, 그건 그렇고, 우리 순진한 나래양, 아직 끝나지 않았어. 앞으로 한바탕 불어올 황사 현상을 기대하시라고."

"그게 뭔데?"

"기다려 봐, 너무나 센 배후 세력 때문에 지금 너에게 고백할 수는 없으니까."

"얘도 참, 싱겁긴."

나래는 평소 정숙답지 않게 말꼬리를 감추자 책가방을 들어 정숙일 저 만큼 밀어냈다.

"그런데 말이다. 나 오늘 화연이가 버럭 화를 낼 때, 와, 되게 겁났었다."

정숙인 다시 다가와 나래의 팔을 붙잡으며 말을 이었다.

"아, 글쎄 내가 손발인지 한철인지 이야기를 꺼내자마자 누가 그런 농담을 받을 기분인 줄 아느냐고 꽥 소릴 지르지 뭐니?"

"응, 나도 들었어."

"야, 너야말로 '화내지 않는 바보'라고 호칭까지 달았으니까 별것 아니겠지만, 난 그 순간 어떻게 해야 할지 정말 황당하더라."

"가만히 있길 잘했어. 선생님께서 자연스럽게 해결해 주셨잖아."

"맞아, 어쨌든 난 네가 반장이 안 되고 화연이가 될까봐 얼마나 가슴 조였는지 알기나 하니?"

"그래도 난 하기 싫어했잖아."

"화연이 그 아이도 초등학교 때부터 줄곧 한 번도 반장 자리를 놓치지 않았나 보더라. 그런데 강나래한테 보기 좋게 KO패를 당한 거지 뭐."

"그렇게 함부로 말하지 마."

"네, 알겠습니다. 반장 나으리!"

정숙이가 장난스럽게 허리를 구부리며 나래에게 복종하겠다는 자세를 취하자 뒤에서 깔깔깔 아이들의 웃음소리가 들려왔다.

돌아보니 화연과 기원이 그리고 예은이었다.

"어머나, 호랑이도 제 말하면 온다더니."

정숙은 주춤하며 손으로 자기 입을 막았다.

"야, 강나래, 오늘 한턱 안 낼 거야?"

예은이 나래를 향해 소리치자 정숙이가 막아서며 말했다.

"넌 지난 2학기에 학생회장으로 뽑혔을 때 한턱냈었니?"

"그럼. 작년에 같은 반이였던 아이들에겐 그랬지만 너희들은 다른 반이였잖아."

"하기야, 홍일점으로 출마한 덕분에 표가 몰린 것뿐이지."

예은의 빈정거리는 말보다 한술 더 뜨는 정숙의 말에 아이들은 말문이 막히는지 발걸음을 빨리 하여 앞서가고 있었다.

"그래, 다음에 기회 있을 때 나도 한턱낼게."

"그래야지, 오늘은 가진 게 없다는 말씀 같은데 다음에 보자."

나래의 말을 받아 화연이 제 나름대로 넘겨짚고는 걸음걸이도 당당하게 길모퉁이 '골목서점'으로 들어가는 것이었다. 그 뒤를 따라 아이들도 서점으로 들어갔다.

"너 정말 저 애들에게 한턱 낼 거니?"

"아니, 꼭 그런 거 아니고, 혹시 기회가 있으면 떡볶이나 함께 먹지, 뭐."

"야, 넌 정말이지 속도 좋다. 저 아이들 태도 좀 봐. 교실에서 아니 선생님 앞에서 하는 말하고는 완전히 다르지 않니?"

"뭘 신경 쓸 것 없는데. 참, 그런데 정숙아."

"왜?"

"난 말이야, 학교에선 그런 대로 침착한 편인데 집에선 그게 아니야."

"뭐가?"

"응."

나래는 조금 망설이다가 말을 이었다.

"난 우리 언니가 좋았다 나빴다 하거든."

"그거야, 형제들 사이엔 보통 다 그러는 게지 뭘."

"그런데 특히 난 우리 언닐 이해하지 못할 때가 많아. 오늘 아침에도 미워서 혼났거든."

"무엇 때문에?"

"실은 아주 작은 일들이지만. 아니야, 다음에 이야기할게."

나래는 정숙에게 잘 가라는 인사도 없이 총총걸음으로 돌층계를 내려갔다.

"싱겁긴 누가 더 싱거운데."

정숙인 좀 아쉬운 듯 나래의 뒷모습을 지켜보다가 옆 골목으로 사라졌다.

6. 사월의 바보

"엄마, 나 어제 반장 선거에서 당선됐어."

책가방을 챙겨 들고 나오는 나래에게 도시락과 체육복 가방을 건네주던 어머니의 얼굴이 환해졌다.

"정말? 그러면 그렇지. 우리 나래가 누구의 딸인데."

"엄마 미안해요."

"아니, 별안간 그게 무슨 소리니?"

"지난번에 엄마더러 어머니 회장에 나가지 말라고 할 때 무척 서운하셨지요?"

"아니야, 얘는. 엄마가 언제 서운하고 슬프고 한 적 있었니?"

"네, 그럼 다녀오겠습니다."

나래는 어머니에게 꼭 묻고 싶었던 말이 목구멍까지 기어나왔지만, 잘도 참아내고 학교를 향하여 부지런히 걸었다.

그런데 교실 앞에 와서 나래는 흠칫 놀라지 않을 수 없었다.

"아니? 웬일이야?"

누군가가 금방 바꿔놓고 갔는지 교실 출입문 위에는 '3-5'대신에 '3-9'라고 쓰여 있는 팻말이 매달려 대롱대롱 흔들리고 있었다.

교실에 들어서려던 나래는 또 한 번 더 놀랐다.

그렇게도 남녀 혼합 반을 원하던 아이들, 오늘이야말로 소원을 성취한 듯 여학생 반, 남학생 반으로 짝을 지어 앉아서 매우 흐뭇한 표정들을 짓고 있는 것이었다.

"강나래, 어서 와. 네 자린 저기 공민수 옆이다. 반장끼리 잘 해보라고."

현희는 친절하게도 어리둥절해 서 있는 나래를 억지로 밀어다가 가운데 자리에 앉혔다.

"반갑습니다. 오늘 하루만 파트너가 되어 드리겠습니다. 어디까지나 여성들이 먼저 제안해 온 건데 물리칠 수도 없고 해서."

9반 반장인 민수는 머리를 박박 긁으며 아무 것도 모르는 것 같은 나래에게 굳이 해명까지 해주었다.

"얘들아, 서둘러. 빨리빨리, 첫째 시간이 영어 시간 맞지?"

소연과 진희가 뒤쪽에 앉은 아이들에게 눈짓을 해 보이고는 부리나케 밖으로 뛰어나갔다.

"너희들 왜 이러니? 담임 선생님께 얼마나 혼나려고?"

나래가 선 채로 남녀 아이들을 둘러보며 근심스럽게 말했다.

"나래양, 오늘 같은 날은 일 년에 딱 한번 뿐이야. 구경이나 하고 떡이나 먹자구."

천만뜻밖에도 부반장인 화연이가 나래에게 점잖게 타이르는 것이었다.

"얘, 화연아. 너희들 무언가 착각하고 있어."

"우리가 뭘? 사월의 바보는 바로 너로구나!"

"하하하하!"

화연의 말에 아이들은 약속이나 한 듯 모두 하나같이 까르르 웃었다.

그러고 보니 항상 나래의 편을 들어주던 정숙이도 소라도 보이지 않았다. 아마도 9반 교실로 원정을 간 모양이었다.

어제 정숙이가 말했던 황사 현상을 운운하던 게 바로 이러한 만우절 소동을 두고 한 말인가 보다고 나래는 생각했다.

이윽고 아이들이 기다리던 영어 선생님이 들어왔다.

벌써부터 얼굴이 빨개진 선생님은 남녀가 혼합을 하여 어지럽게 앉아 있는 교실 안을 둘러보면서 어찌할 바를 몰라 했다.

"여러분들이 꼭 이렇게 해야만 즐거워진다면 좋습니다. 이대로 수업에 들어가겠습니다. 영어책을 펴세요."

"아닌데요. 저희 9반은 첫째 시간이 음악 시간인 걸요. 노래나 부르죠?"

공범이 된 남학생들은 덩달아 신이 나는지 싱글벙글 웃으며 능청을 떨었다.

영어 선생님은 시간표가 걸려 있는 벽쪽으로 시선을 돌렸다.

빈틈없는 아이들은 시간표까지 바꿔 놓았기 때문에 틀림없이 1교시는 음악 시간이었다.

"선생님, 그러지 말고 노래 한 곡만 불러 보시죠?"

생김새가 꼭 코미디언 같이 생긴 남학생이 바보짓을 해가면서 노래를 청했다.

그러자 한철 선생님은 무슨 생각을 한 건지 갑자기 눈을 딱 감고는 큰 소리로 노래를 부르기 시작했다.

"봄에 교향악이 울려 퍼지는~"

"하하하하!"

"호호호호!"

정말이지 음치였다. 평소에 들어왔던 그 멋진 성우와 같은 목소리는 어디로 가고 이상야릇한 목소리에 아이들은 귀를 틀어막았다가 책상을 두드렸다 하면서 배꼽이 달아나는 양 배를 움켜잡으며 웃어 댔다.

"우와, 조영남은 저리 가라다."

계속 2절까지 이어 부르던 한 선생님이 빙그레 웃으며 눈을 뜨자 옆에서 내내 기다렸다는 듯이 진희가 자판기에서 뽑아온 종이컵을 내밀었다.

"선생님, 목 아프실 텐데, 여기 음료수요."

"혹시 이 콜라에 설사약을 탄 건 아니겠지?"

영어 선생님은 아이들이 장난이 너무나 짓궂다고 생각해서인지 금방 음료수를 마시려 들지 않았다.

"콜라 위에 기름이 뜬다?"

영어 선생님이 고개를 갸우뚱거리며 아이들을 둘러보자 예은이가 소리쳤다.

"선생님, 정 못 믿겠으면 우리 반 반장더러 먼저 마셔보라고 하세요."

그 말에 한 선생님은 나래를 바라보았다. 나래는 어떻게 해야 할지 몰라 고개를 푹 숙여버렸다.

"좋아, 반장 이리 나와! 네가 먼저 시식을 하렴."

아이들이 여기저기서 떠들어대며 나래의 이름을 불러댔다.

나래는 하는 수 없이 앞으로 나갔다.

선생님이 건네주는 종이컵을 받아들며 나래는 무언가 불길한 예감이 들었다.

여느 때의 콜라가 든 컵보다 두 배 이상은 더 무겁다고 느꼈기 때문이다.

"선생님, 꼭 마셔야 하나요?"

나래가 영어 선생님인 한철 선생님을 원망스럽게 바라보며 말을 하자 교실 안은 벌집을 건드려 놓은 것 마냥 대번에 소란스러워졌다.

"야, 우리 반의 명예를 걸고 좀 마셔보렴!"

뒤를 안 돌아봐도 화연의 목소리는 또렷하게 들렸다.

"선생님, 그 콜라 저희들 주세요."

남학생들은 영문도 모르면서 콜라를 서로 마시겠다고 아우성이다. 콜라 위에는 아닌 게 아니라 기름기가 뱅글뱅글 돌고 있었다.

"밖에 나가 버리고 올까요?"

나래는 영어 선생님에게 가만히 말했다.

"안 먹으면 쳐들어간다. 쿵짜자 쿵짝!"

아이들은 이제 손과 발을 박자에 맞춰가며 노래를 불렀다.

"야, 네가 먼저 시식하고 선생님께 드리라니까!"

화연이 소리치며 나래에게 독촉을 할 때였다.

"선생님, 부반장인 화연이 마시겠답니다."

그 말에 나래와 영어 선생님은 물론 반 아이들 전체가 소리 나는 쪽을 바라보았다.

그는 다름이 아닌 미진이었다. 아까부터 저쪽 구석에 앉아 뭐 이런 시시한 장난을 치고 있느냐는 듯, 그러면서도 수업을 안 하는 걸 퍽 다행으로 알면서 동참을 하던 문제아 미진이 한마디 거든 것이었다.

"그렇다면 부반장 나오세요."

미진에 대해서 어떻게 해석을 내려야 좋을지 나래가 잠깐 동안 멍청하게 서있을 때 누군가 종이컵을 '확' 빼앗아 갔다.

화연이었다. 어느 새 나왔는지 얼굴에 미소까지 띤 채 화연은 종이컵 안의 콜라를 '꿀꺽!' 한 모금 서슴없이 마셨다.

"이제, 선생님 차례예요."

한 선생님은 화연이가 건네주는 컵을 들고 이번에도 눈을 꼭 감은 채로 꿀꺽 꿀꺽 두어 모금을 마시는 것 같았다. 그러더니 그 컵을 그대로 교탁 위에 올려놓은 채 앞문으로 뛰어나가고 만 것이다.

"으악!"

컵 안을 들여다 본 나래가 깜짝 놀라며 뒷걸음질을 치자 남자아이들이 우르르 교탁 앞으로 모여들었다.

여자아이들은 자기들의 계획이 성공했대서인지 박장대소를 하며 떠들어대는 속에 첫째 시간 끝종이 울렸다.
"야, 진짜 생닭발이네!"
키가 작은 남자아이가 콜라 컵을 들어 보이자 다른 아이들이 믿어지지 않는다면서 서로 서로 직접 확인하려고 달려들었다.
"정말 대단하다!"
남학생들이 교실에서 하나둘씩 빠져나간 뒤 9반으로 갔던 여자아이들이 다시 빈자리를 메웠다. 마치 밀물과 썰물이 들어왔다 나갔다 하는 것처럼 교실 안은 말로 표현하기 힘들 정도로 어수선해져 있었다.
"3학년 5반! 전원 운동장에 집합!"
체육 시간이 들지도 않은 날인데 호동 왕자님이 문 앞에서 호령을 하고 운동장으로 나가는 것이었다.
"우리는 체육복도 안 가져왔잖아."
아이들의 걱정은 잠시 뿐, '와아!' 함성을 지르며 운동장 조회대 앞으로 모여 섰다.
"지금부터 너희들은 한 시간 동안 토끼뜀을 뛴다. 이 시간이 무슨 시간인가?"
"국어 시간이어요."
"맞아. 난 너희 선생님으로부터 부탁을 받고 한 시간 동안 정신 교육을 시키기로 한 것이다. 자, 모두 쪼그리고 앉아!"
"어머나, 선생님!"
아이들이 체육 선생님의 눈치를 살피며 적당히 넘어가려 할 때였다.

"누가 말을 안 듣는 거니? 너희 선생님께서는 너무나 화가 나시어 지금 혈압이 높아져 양호실에 누워 계시는데. 그래도 말 안 듣겠어?"

"네?"

"아니, 우리 선생님이요? 정말이에요?"

아이들은 서로서로 마주보더니 일제히 쪼그리고 앉아 뜀을 뛰기 시작했다.

"저 교문 있는 데까지 줄맞추어 뛰어!"

체육 선생님은 그 자리에 그대로 서 있는데 아이들은 잡담 한마디 없이 숨만 헐떡거리며 계속해서 뛰고 또 뛰는 것이었다.

"그만! 모두 일어서!"

아이들은 기진맥진한 몸을 간신히 일어세우며 이마에 흐르는 땀을 블라우스 소매로 닦아냈다.

"뭐라고? 부드러운 콜라와 생닭발의 만남이라고? 너희들이 도대체 여학생들이냔 말이다."

"선생님, 잘못했어요!"

아이들은 시키지도 않았는데 모두 무릎을 꿇었다.

"가서 담임 선생님 모셔와! 반장, 교무실로 뛰어가!"

"네? 양호실이 아니고요?"

나래가 일어서며 묻자 체육 선생님인 호동 왕자는 껄껄껄 웃었다.

"나도 너희들을 속여 봤다. 어때? 이 4월의 바보들아!"

7. 거울 앞의 자화상

　어쨌든 운동장에서 담임 선생님을 기다리는 아이들은 긴장과 초조로 숨도 크게 못 쉬고 꿇어앉아 있었다.
　어떠한 벌이라도 감수하겠다는 표정들이다.
　"자, 그럼 나는 들어간다!"
　호동왕자는 싱글벙글 웃으며 중앙 현관으로 사라져 버렸다. 체육 선생님의 뒷모습을 멍청히 지켜보던 진희가 소리쳤다.
　"얘들아, 저기 나래 좀 봐. 개나리꽃처럼 환하게 웃으며 등장하신다."
　"어디?"
　아이들은 모두 나래가 걸어 나오는 쪽으로 고개를 돌렸다.

"얘들아, 우리 선생님, 화나신 것 같지는 않았어. 모두 교실로 들어가서 다음 수업 시간 준비를 하고 조용히 기다리라셨거든. 더 이상 장난치지 말래."

"와아! 이런 기적도 있니? 야, 나래야 우리 선생님께서 '생 닭발과 콜라의 만남'에 대해선 한마디도 안 하셨단 말이지?"

은주가 믿기지 않는 듯 확인하며 묻자 나래는 아이들에게 고개를 끄덕끄덕하며 손짓으로는 교실로 들어가라는 신호를 보냈다.

그렇지만 종례 시간이 남아 있기 때문에 아직 마음을 놓을 수는 없는 일이다.

"영어 선생님이 대단히 분해하실 거야. 어쩌면 종례 시간에 학생부의 장풍이 등장할지도 몰라."

명랑하면서도 겁이 많은 지선이가 무언지 불길한 예감이 든다며 끝내 얼굴을 펴지 않고 불안해하였다.

"괜찮아. 우리가 좀 심했지만 선생님께서도 이해하실 테니까."

정숙이가 아이들을 둘러보며 환하게 웃자 약간 분위기가 밝아지는 듯 했으나 그래도 하나같이 죄지은 사람들처럼 시무룩해 있었다.

"얘들아, 담임 선생님이 오늘 오후에 출장이시라고 부담임인 국사 선생님께서 청소 검사 받고 가라셨단다."

"와아, 만세!"

학급 일지를 가지고 교무실에 내려갔다 온 한솔이의 전하는 말에 아이들은 기립 박수를 하며 좋아했다.

집으로 오는 길에 나래는 정숙일 한바탕 몰아세웠다.

"세상에 그런 일을 모의하면서 나에겐 한마디 귀띔도 안 해줬단 말이니? 나쁜 것 같으니."

"아니야, 만우절에 영어 선생님을 놀리자는 이야기는 들었어도 생 닭발이 등장할 줄은 나도 상상 밖이었어. 야, 그런데 화연이 말이다. 어떻게 그렇게도 시치미를 뚝 떼고 그 액체를 들이마실 수 있었는지, 아휴, 구역질 나!"

정숙이가 헛기침을 하며 층계 아래로 침을 '퉤!' 하고 뱉으려 할 때였다.

"어머나, 저기 좀 봐! 민들레꽃이 예쁘게 피어났어!"

나래는 반가운 사람이라도 만난 것처럼 돌층계를 따라 뛰어 내려갔다.

"겨우내 찬바람에 날려 온 먼지들이 돌층계 사이에 쌓이고 쌓여서 먼지흙을 이루고 또 그것도 땅이라고 봄바람에 날려온 민들레 꽃씨가 여기를 보금자리로 택해서 싹을 틔웠나 봐!"

나래는 민들레꽃을 양손으로 감싸쥐며 향기라도 맡아보겠다는 듯 얼굴을 바짝 갖다 대었다.

"글쎄 말이다. 돌 틈에 모여든 먼지흙 속에다 뿌리를 내리고 용케도 예쁘게 피어났구나."

정숙도 다가와서 민들레꽃을 들여다보았다.

"벌써 목련꽃이 피고 진달래, 개나리꽃이 만발한 걸 보면 때는 좋은 때로구나."

정숙인 고개를 들어 학교 담벼락에 늘어져 있는 개나리와 뒷동산에 무더기무더기 피어있는 진달래꽃들을 바라보며 아주 낭만적인 말투로 중얼거렸다.

"나 보기가 역겨워 가실 때에는 말없이 고이 보내 드리오리다. 영변에 약산 진달래꽃 아름 따다 가실 길에 뿌리오리다."

정숙은 아예 책가방을 돌층계 위에 팽개치고 앉아 김소월의 시를 읊어 나갔다.

"참, 정숙아, 너도 네 뿌리를 한번쯤 생각해 본 일 있니?"

"뭐? 뿌리?"

여태까지 한 송이 민들레꽃에만 정신을 팔던 나래가 갑자기 정숙이 편으로 돌아앉으며 물었다.

"그러니까, 우리네 조상들 말이니?"

"나래야, 그냥 한 번 물어 봤어. 저기 외롭게 핀 민들레꽃이 너무도 가엾다는 생각이 들어서…."

"이제 보니 사춘기가 따로 없구나. 날씨도 화창한데 주말에 놀러가자는 이야기는 안 하고 웬 풍딴지같은 소리냐? 너 집에 무슨 일이 있니?"

"아니."

나래는 고개를 가로저으며 천천히 일어섰다.

"얘야, 요즈음엔 초등학교를 졸업할 때 사춘기도 끝난다더라. 넌 왜 그렇게도 늦되니? 어쩌면 사춘기도 성적순이 아닌지 모르겠다. 나래 양, 그렇지 않소?"

정숙이기 다시 웃기는 말을 하며 팔을 잡아끌자 나래는 방금 잠에서 깨어난 아기처럼 금세 방실방실 웃었다.

"모범생은 쓸데없는 공상이랑 하지 말고 공부나 열심히 하는 거예요. 알았죠?"

정숙인 또 초등학교 선생님처럼 타이르듯 말했다.
"안녕!"
정숙과 헤어져 혼자가 된 나래는 공연히 기분이 우울해져서 작은 돌멩이 하나를 발끝으로 '툭툭' 차면서 걷고 있었다.

"강나래, 그 동안 잘 지냈니?"
깜짝 놀라 고개를 든 나래는 하마터면 뒤로 넘어질 뻔했다.
"어머나, 선생님! 여긴 어떻게 오셨어요?"
나래가 반가워하며 깡충깡충 뛸만한 이유는 충분했다.
예고도 없이 바람과 함께 나타난 사람은 바로 권영일 선생님이였기 때문이다.
"다신 못 만나 뵐 줄 알았는데…."
"자식도. 그래 너희 집은 어디지?"
"저어기 보랏빛 목련꽃이 피어 있는 파란 대문 집이어요."
"오, 그랬구나. 난 얼마 전에 그 옆에 빨간 벽돌집 2층으로 하숙을 옮겨왔거든!"
권영일 선생님은 얼굴 가득 환한 웃음을 담은 채 나래를 정겹게 바라보는 것이었다.
"네? 정말이어요? 선생님!"
"그럼, 앞으로 종종 만나겠구나."
권 선생님의 목소리가 진짜로 대문 앞까지 따라온 건지 아니면 자기 혼자서의 환청인지는 모르겠으나 더 이상 말로 표현할 길이 없었다. 그렇지만 이 사실을 숨길 수 만은 더더욱 없었다.

"엄마, 나 지금 권영일 선생님을 만났어요."

나래는 책가방을 놓기 바쁘게 거실 문을 활짝 열어 젖혔다.

"권영일 선생님이라니?"

"전에 말씀드렸잖아요. 도덕 선생님 말이어요. D 외고로 떠나신."

"응, 알겠다. 여학생들에게 인기가 많다는, 그렇지. 좀 소탈하시고 노래도 잘하시면서 유머가 있는…."

"와, 엄마가 어떻게 그리도 잘 아세요?"

"언젠가 어머니회에서 선생님들 저녁을 대접했었지. 그때 참 인상 깊게 남았던 선생님 중의 한 분이셨거든."

"맞아요, 엄마. 그런데 권 선생님이 우리 옆집 말이에요, 저기 빨간 벽돌집 2층으로 하숙을 옮겼다지 뭐예요?"

"그래? 잘 됐구나. 너 공부하다가 잘 모르는 것이 있으면 가서 물어 볼 수도 있겠고."

"엄마, 그래도 돼요?"

"글쎄, 참 그 선생님이 노총각이라고 했지? 그렇다면 안 되겠다, 얘."

엄마는 금방 한자리에서 두 말을 하며 나래에게 싱긋 윙크까지 보내셨다.

"엄마는, 잘 나가시다가 또."

나래는 창문가로 다가가서 옆집 2층 창문을 관심 있게 바라보았다.

"아휴, 기분 좋아. 엄마 저 옆집엔 누구누구가 살고 있어요?"

"얘야, 숨이나 돌리고 말하자구나. 이리로 와서 주스 한 잔 마시렴."

냉장고에서 오렌지 주스 병을 꺼내며 엄마는 흥분되어 어쩔 줄을 모르는 나래의 모습을 가만히 훔쳐보고 있었다.

나래는 정숙에게 전화를 했다.

"정숙이니? 나야, 나래. 기가 막힌 뉴스가 있어."

"무언데? 말해 봐. 무슨 기쁜 일이 있나 보구나."

"그렇지만, 말해도 될까?"

"얘가 또 왜 이래? 저번엔 저희 언니 이야길 하다가 말고 또 뿌리니 뭐니 하더니 또 전화까지 해놓고 그만둘 거야?"

"내가 왜 이럴까? 하여튼 저어 너하고 나만 알고 있자고. 비밀."

"어서 말해 봐, 나래 양이 비밀이란 낱말을 쓰다니 보통 일은 아닌 성싶구나."

"저어, 권영일 선생님께서."

"뭐라고? 그 선생님이 어떻다는 거야?"

조용조용히 말하는 나래의 귀가 멍멍해질 정도로 정숙이가 소리를 치며 캐어묻는다.

"글쎄, 도덕 선생님이 우리 옆집으로 하숙을 옮겼어."

"얘 좀 봐, 하하하하. 내가 속을 줄 알고. 그래, 난 너처럼 4월의 바보는 아니란다."

"아니야, 정말이라니까."

"혹시 너 금방 낮잠 자고 일어난 것 아니니? 때때로 낮잠 속에서 엉뚱한 사건이 벌어질 때가 많더라. 내 경험에 의하면."

정숙인 학원에 갈 시간이라며 전화를 뚝 끊어버렸다.

'정숙이가 내 말을 안 믿다니. 좋아, 그래야 앞으로 성가시게 굴며 권 선생님께 가보자는 말을 안 할 테니까.'

하지만 좀 서운하고 아쉽다. 또 다른 누구한테 이 소식을 전할까, 별로 마음이 내키는 아이들이 없다.

솔직히 말해서 언니와 반장 이야기 때문에 기분만 상하지 않았더라도 지금쯤 또 속없이 언니 방을 노크하고 들어가 있을지도 모를 나래였다.

'왜 이렇게 난 외롭지?'

정말이지 나래는 자신을 이해할 수가 없다. 학교에서 아이들과 함께 어울릴 때는 아무 근심 걱정이 없는 이 세상에서 가장 행복한 아이처럼 행동하고 즐겁기만 한데 교문 밖에만 나서면 공연히 이것저것이 마음에 걸린다.

나래는 아직 일기장을 꺼내 놓기엔 이른 시간인 줄 알면서도 책꽂이에서 보랏빛 일기장을 뽑았다.

'만일 내가 주워온 애라면 어떻게 해야 할까?'

'아니야, 그럴 리 없어. 난 절대로 그렇게 불행한 아이는 아닐 거야.'

나래는 일기장을 덮어놓고 거울 앞으로 가서 자기 얼굴을 뚫어지게 바라보았다.

'정숙이 말대로 내가 사춘기 병을 앓고 있는 걸까? 왜 이렇게 내가 변덕스러운지 알 수 없네. 하루에도 몇 번씩 기뻤다가 슬펐다가…'

나래는 거울 속의 자기에게 윙크를 하며 그러면 안 된다고 은근히 타일렀다.

'그런데 왜 엄마의 입에서 그런 말이 나왔을까? 팔자에 없는 자식까지?'

그 당시엔 '별 것 아니겠지' 했지만 날이 갈수록 그 말이 자꾸만 귓

가에서 맴돌았다. 나래는 또 눈을 가늘게 뜨고 거울 속의 자신을 한참동안 응시했다.

'그래, 난 언니와 조금도 닮은 데라곤 없어. 언닌 얼굴도 하얗고 쌍꺼풀도 졌는데, 또 날씬하고. 그런데 난 아니잖아.'

생각이 거기까지 미치자 거울 속의 나래 얼굴이 희미하게 흔들리며 형체를 알아볼 수가 없게 되었다.

'아이, 모르겠다. 머리 아파!'

나래가 침대 위에 벌렁 드러누워 이중 삼중으로 겹쳐오는 얼굴을 떠올리고 있을 때였다.

"나래야, 전화 받으렴."

분명히 엄마의 목소리다. 그런데 왜 그렇게 멀게 들릴까?

'우리 엄마가 확실한 걸까? 아니면 아빠에게 문제가?'

나래는 눈을 꼭 감고 입술을 자근자근 깨물었다.

"얘, 나래야. 잠이 들었니? 정숙이 전화 받아."

"아, 네. 나가요!"

나래는 일기장을 재빨리 책꽂이에 꽂아놓고 거실로 나갔다.

"응, 나야. 나래."

"또 꿈꾸고 있었니? 왜 그렇게 늦게 받는 거야?"

"그래, 잠깐 잠들었었나 봐. 무슨 일로?"

"왜냐하면 내가 교실 뒷면에 걸만한 액자를 맡기로 했었잖니? 그런데 우리 집엔 마땅한 게 없어."

"그래서?"

"그래서 말인데 네가 좀 가져올 수 없겠니?"

"난 교탁보랑, TV, 청소함 덮개 등을 맡았잖아."

"그래도, 날 좀 봐주라."

정숙인 아까와는 달리 매우 겸손한 말씨로 끝인사까지 한 뒤에 수화기를 놓았다.

"아휴, 자기가 아쉬우니까."

8. 엄마의 학창 시절

　나래는 거실을 휘익! 한번 둘러보았다.
　"엄마, 저기 저 수놓은 액자 학교로 가져가도 될까요?"
　언제 그랬던가. 조금 전에 일기장을 붙들고 거울 앞에 앉아있던 나래는 어디로 가고 금세 어리광 막내딸로 돌아와 주방 벽에 걸려있는 작은 자수 액자를 가리키며 엄마를 졸랐다.
　"글쎄, 그건 나보다도 너희 아빠가 더 좋아하는 액자인데."
　"아빠가 왜 저런 걸 좋아해요? 하기야 어린아이들이 네잎클로버를 찾고 있는 게 좀 귀엽긴 하지만."
　"실은 저 자수는 내가 고등학교 졸업반 가정 시간에 만든 건데, 숨은 에피소드가 있거든."

"에피소드? 그게 뭔데요? 엄마!"

나래의 호기심 많은 두 눈이 반짝 빛났다.

"그러니까 그 당시 나는 문학소녀였고 너희 아빤 우리 학교에서 별로 멀지 않은 곳에 자리한 남자 고등학교에 다니고 있었는데."

"네, 그래서요?"

그렇지 않아도 요즈음 거울 앞에 앉기만 하면 아니, 일기장을 꺼내 놓을 때마다 남몰래 고민하고 있는 나래로서는 여간해서 만날 수 없는 좋은 기회였다.

벽에 걸린 액자 중에서 제일 낡았고 또 별로 좋은 명화도 아니라서 건성으로 보아왔던 작은 액자가 무언가 수수께끼를 풀 수 있는 중요한 열쇠인 것처럼 생각되었다.

"언닌 또 늦으려나 보다. 우리 밥이나 먹자."

"엄마, 그래서요?"

"응. 그 때 내가 쓴 작품들이 교지에도 실리고, 또 각 대학에서 주최하는 백일장에서 뽑힌 글들이 신문에도 나고 하니까 그 고을에서는 그러니까 내 고향에서는 벌써부터 엄마의 칭찬이 자자했었지."

"알만해요. 엄마, 얼마나 싱그러웠을까? 엄마 고교 시절 사진 나도 보았잖아요."

"그런데 그 때부터 너희 아빠가 날 좋아한다며 졸졸 따라다녔단다."

"정말이야? 아빠는 엄마가 아빠를 좋아해서 따라다녔다고 하였잖아요."

"너희 아빠가 집에 안 계시니까 말인데 얼마나 능청스러웠는지 알기나 하니?"

8. 엄마의 학창 시절

"하하하하. 아빠가 안 계실 때 우리 실컷 아빠 흉을 봐요. 네?"
"얘는 또. 어머나, 찌개 국물이 넘치는구나."
엄마는 항상 그런 이야길 꺼내놓기만 했지 한 번도 끝을 맺은 일이 없었다.
'그렇지만 이번엔 꼭 듣고야 말겠어.'
나래는 입술을 지그시 깨물며 식탁 앞에 앉았다.
"엄마, 저 자수 액자에 얽힌 이야기는요?"
"난 학교 다닐 때 대단한 욕심쟁이였단다. 너처럼 그렇게 사월의 바보라고 놀림을 받진 않았어. 공부뿐만이 아니라, 체육도 음악도 미술도 남들에게 뒤지지 않으려고 안간힘을 다했지."
행주치마에 물기가 묻은 손을 닦으며 어머닌 옛날 학창 시절을 돌이키듯 눈을 가늘게 뜨고 액자를 바라보았다.
"엄마 때는 지금 같이 학원이나 있었겠니? 더욱이 시골에서는 참고서 한 권도 구하기 힘들었다. 그저 스스로 열심히 노력하는 수밖에. 그러니까 저 자수도 공부하는 틈틈이 며칠 밤을 꼬박 새우다시피 하여 완성한 건데 글쎄, 가정 선생님이 검사를 하고 난 뒤에 교무실에서 작품을 돌려주려 할 때에 국어 선생님이 날 부르시지 않겠니?"
"엄마네 국어 선생님도 시인이라고 하셨지요?"
"그렇지. 그 선생님이 그 자수 작품을 자기에게 선물로 달라지 뭐니?"
"엄마를 무척 예뻐하셨나 보다. 그런데 안 주셨어요?"
"아니, 드렸지. 선생님 말씀인데 감히 어길 생각이나 했겠니?"
"그런데, 왜 그 액자가 우리 집에 와 있어요?"

"그 이야길 하자면 아주 복잡해."

"와, 점점 더 알고 싶어지네!"

나래는 엄마에게서 처음 듣는 이야기라서가 아니라 솔직히 다른 엄마들에 비해서 자기 엄마가 무척 자랑스럽고 존경할 만한 분이라는 걸 한 번도 부인해 본 적이 없었다.

그런데 지난번에 엄마의 입에서 무심코 흘러나온 '팔자에 없는 자식까지'라는 말은 온통 나래의 마음을 흔들어 놓았을 뿐만 아니라 끊임없이 떠오르는 잡념 때문에 집에 와서는 도무지 책이 손에 잡히질 않았던 것이다.

"저 자수 액자가 우리 집으로 오게 된 건 엄마와 아빠 사이를 정식으로 중매하겠다고 나선 분이 결혼식 때 가져다 준 선물로 예쁘게 포장되어 돌아온 거지."

"와, 그 분이 누구신대요?"

"바로 고등학교 때 국어 선생님이야. 그 선생님이 엄마와 아빠를 연결해 주신 거지."

"정말 재미있다. 엄마 그런데 왜 아빠를 사랑하지 않았어요?"

"사랑이라기보다는 귀찮은 존재였지. 난 대학을 졸업하고 공부를 더 한답시고 곧장 미국으로 건너갔어. 외갓집 형편엔 갈 수도 없었지만, 외삼촌, 너도 알지? 작년 여름에 다녀가신 엄마의 큰오빠 말이야. 그 분이 먼저 그곳에 가 계신 덕분에 유학이라는 걸 했지만, 얼마나 고생을 했는지 말로는 다할 수 없단다."

"외삼촌도 슈퍼마켓을 하시면서 고생을 많이 하셨다고 했지요?"

"그럼, 어쨌든 내가 귀국하여 지방의 전문대에서 겨우 일주일에 두

세 번씩 시간제 강사로 나가게 되었을 때 말이다. 무슨 인연인지 여고 시절 그 국어 선생님께서 그 대학의 교수님이 되어 계시지 않았겠니?"

"히야, 그대로 소설이에요. 엄마!"

나래는 추억에 잠긴 엄마의 얼굴을 바라보며 자기도 모르게 그 이야기에 빠져 들어가고 있었다.

"엄마, 그 시인 선생님은 총각이었어요?"

"호호호, 얘도. 그때 그 선생님은 큰애가 대학에 다녔던가 했었지. 참 멋진 분이셨는데 돌아가셨어. 이따금씩 보고 싶어진단다."

정말로 엄마는 눈물까지 글썽이는 것이었다.

"엄만 지금도 사춘긴가 본데. 아휴, 정숙이 그게 나더러 사춘기가 늦다나, 어쩐다나?"

"응, 뭐라고?"

어머니도 나래도 지금 무슨 이야기를 하다 만 건지 정말이지 동상이몽이 따로 없었다.

"맞아요, 엄마. 그런데 아빠와는 어떻게 결혼하셨어요?"

"네가 더 어른이 된 뒤에 이야기 하자구나."

엄마는 또 이쯤해서 그만 두시겠다는 태도였다.

"엄마, 마저 이야기해 주세요. 엄마와 아빠가 결혼한 데까지라도."

나래는 아무래도 오늘 모든 궁금증이 풀릴 것 같지는 않다는 생각에 그렇게 한계를 정해 놓고 졸라댔다.

"난 그 때 너희 아빠가 어디에서 어떻게 지내는 지도 몰랐었단다. 그러니까 또 내가 미국에서 돌아온 이듬해에 신춘문예에 당선되었고,

맞아, 그 다음해에 첫 번째 작품집을 내면서 출판 기념회를 가졌었는데. 아 글쎄, 그 자리에 너희 아빠가 불청객으로 참석을 했지 뭐냐!"

"초대도 안 했는데요?"

"물론이지. 얼마나 깜짝 놀랐었는지 문인들만 모인 곳에 주책없이 나타난 것까지는 좋았단다. 그런데 그곳에서 뭐라고 떠들어댔는지 상상이나 할 수 있겠니? '나하고 윤희 씨하고는 같은 고향 사람으로서 7년 전에 약혼한 사이입니다. 잘 부탁합니다.' 그날 너희 아빠는 완전히 능구렁이였어."

"하하하, 우리 아빠 정말 멋쟁이였구나. 야, 우리 엄마 시집 잘 오셨다. 엄마 그래 가지고요?"

나래는 자기가 듣고 싶었던 이야길랑 뒤로 미루고 우선 엄마, 아빠의 러브스토리에 취해서 어찌할 바를 모를 정도로 좋아하고 있었다.

"엄마의 책에다 사인까지 곁들이는 너희 아빠가 미워서 난 그 자리를 뛰쳐나왔는데 나중에 알고 보니까 그게 모두 그 시인 선생님의 각본에 의한 것이었다지 뭐니? 아휴, 지금 생각해도 억울하기 짝이 없단다."

"그렇다면 우리 아빠보다 그 시인 선생님이 더 멋지신 분이구나. 근데 그 시인 선생님하고 아빠는 어떻게 아셨대요?"

"너희 아빠가 그분을 쫓아다니며 중매를 서달라고 조른 거란다."

"와, 그렇다면 우리 아빠가 더 멋지다!"

"하하하하!"

"하하하하!"

"엄마, 지금 결혼하신 거 후회는 안 하시죠? 엄만 지금 아빠와 행복하게 살고 계시잖아요."

"그야 그렇지. 독신주의자라고 고집을 피우다가 결국 외할머니가 돌아가신 다음에야 결혼을 했으니 그게 제일 가슴 아프단다. 외할머니는 막내딸인 내가 꼭 좋은 사람과 결혼하는 걸 보고 싶다 하셨는데…."

엄마는 또다시 금방 어린애마냥 울음보라도 터뜨릴 것처럼 표정이 어두워졌다.

"엄마, 그런데 말이어요. 왜 직장을 계속 다니지 않으시고 그만두셨어요? 엄만 정말 활동적이신 분인데…."

"얘가 또 언젠 저희 학교 어머니 회장도 하지 말라고 해놓고선."

"그건 제가 잘못했다고 사과했었잖아요."

"엄마는 직장 생활을 하는 조건으로 아빠와 약속을 했었지. 얼마간 어린애를 갖지 말자고. 그런데 1, 2년간은 괜찮았는데 3, 4년이 넘도록 아이가 생기지 않자 너희 할머니께서 얼마나 걱정을 하시는지."

"네?"

나래의 두 눈이 꽈리처럼 커졌다.

"아니, 왜 그렇게 놀라니?"

"아무 것도 아니에요. 엄마, 그래서요?"

'드디어 때는 왔나보구나' 하며 귀를 쫑긋 세우고 캐어묻던 나래의 얼굴이 점점 창백해졌다.

엄마가 무슨 이야길 꺼낼지 이젠 궁금한 게 아니라 마치 사형 신고라도 받을 것 같은 기분이었다.

"나래야, 너 어디가 불편한 거니?"

"아니에요, 엄마. 좀 어지러워서."

그렇게 꼭 듣고서야 말겠다던 나래의 결심은 무너지고 이번에야말로 엄마가 털어놓을 숨겨진 비밀(?) 이야기를 끝까지 듣지도 못한 채, 나래는 자기 방으로 건너와 침대에 누웠다.

"나래야, 괜찮아?"

뒤따라온 엄마는 걱정스러운 표정으로 나래를 한참 동안 지켜보고 서 있었다.

"괜찮아요. 저 한잠 자고 일어날게요."

"그럼 편히 자고 일어나. 정말 괜찮겠지?"

"네."

나래가 눈을 감으며 얇은 이불을 이마까지 푹 뒤집어썼다.

"이제 오니? 아직 저녁 안 먹었지?"

언니가 들어온 모양이었다. 뭐가 그렇게도 바쁜지 언제나 저녁 늦게 들어오는 언니에게 엄마는 꾸중 한 번 하지 않았다.

"아직 아빠 안 올라오셨지요?"

"응, 이번 주말쯤에나 오시려나 보구나."

언니는 나래와 엄마한테는 그처럼 무뚝뚝하고 재미없게 굴면서 아빠 안부는 지성으로 묻곤 하였다.

그러고 보니 아빠는 지방 출장지에서 시외 전화를 할 때에도 언제나 언니부터 찾고 나서 다음에 나래를 바꿔달라고 했던 것 같다.

"에구, 모르겠다. 난 몰라, 더 이상 알 필요도 없어."

나래는 온몸을 새우처럼 웅크리고 누워서 억지로 잠을 청했다.

다음날 아침, 나래의 몸은 매우 무거웠고 여느 때보다 잠잔 시간이

길었는데도 기분이 가뿐하질 못했다.

"나래야, 너 저기 자수 액자를 학교로 가져간다고 하지 않았니?"

현관문을 밀고 나오는 나래의 뒤에서 엄마가 큰 소리로 외쳤다.

"참, 가져가도 돼요?"

나래가 다시 돌아서서 액자를 바라보며 묻자 엄마는 고개를 끄덕이며 말했다.

"너 기운도 없다면서 내가 점심시간 무렵에 직접 학교로 갖다 줄까?"

"싫어요. 제가 직접 들고 갈 거예요."

"손에 든 것도 많은데 그걸 힘들어서 어떻게 가지고 가려고. 저게 보기보다 무거울 텐데."

"괜찮다니까요."

나래는 엄마가 걱정스럽게 말하는 것이 더욱 못마땅하였다.

'진심에서 우러나오지 않는 말을 어쩌면 저렇게도 자연스럽게 할 수 있을까? 하루 이틀도 아니고 일 년 삼백육십오 일을. 그것도 변함없이.'

엄마의 이야길 끝까지 듣진 못했어도 십중팔구 자기의 짐작이 맞을 거라는 생각이 들자 나래는 엄마의 얼굴을 똑바로 바라보고 싶지가 않았다.

"다녀오겠어요."

다른 때 같으면 무거워서 못 가져가겠다느니, 친구에게 전화해서 함께 들고 가겠다느니 하며 야단법석이 났을 테지만 오늘 아침은 그럴 기분이 아니었다.

"그럼 돌층계 아래까지만 들어다 줄까?"

"엄마도, 제가 어린애여요?"

대문을 쾅 닫고 나오면서 나래는 자신이 엄마한테 너무나 쌀쌀맞게 대하고 있음에 마음이 편치 못했다.

'엄마는 예나 지금이나 똑같으신데 왜 내가 이렇게 점점 못되어질까?'

금방 뉘우칠 것을 신중하지 못하게 행동하는 자신이 더 미웠다.

"야, 강나래, 무얼 그렇게 무겁게 들고 가는 거야?"

권영일 선생님이 때맞추어 옆집 대문을 밀고 나온 것이었다.

"어머나, 선생님, 웬일이세요?"

"이놈 봐라, 시치미를 뚝 떼고 날 모르는 체 하려드네, 이리 줘, 그 무거운 물건. 내가 들어다 줄게."

"참, 선생님, 우리 옆집으로 하숙을 옮기셨다고 하셨지요?"

나래가 기운 없이 중얼거리자 권 선생님은 이상하다는 듯이 나래를 바라보았다.

"나래야, 너 어디 아프니?"

권 선생님이 걱정스레 물어왔다.

"아니요."

그런데 왜 갑자기 두 눈에 하얀 안개 같은 것이 덮어 씌워지며 앞이 잘 보이질 않을까? 가슴 저 깊은 곳에서부터 서러움이 복받쳐 나와 큰 소리로 엉엉 울고 싶은 심정이다.

하지만 그럴 수는 없다. 지금 자신의 옆에서 나란히 걷고 있는 분이 누구인가 말이다. 부모님이나 다른 아이들이 들으면 펄쩍 뛰겠지만 권 선생님은 어쩌면 나래에게 있어서는 첫 사랑의 대상인지도 모른다.

그야 물론 짝사랑일게 분명한 이치다. 그리고 나래처럼 권 선생님을 좋아하던 아이가 어디 한두 명인가. 나래는 스스로 바보 같다는 생각을 하며 피식 웃었다.

"선생님, 전 옆집이라도 잘 모르고 지내요. 하숙하신 집에는 누가 살고 있어요?"

나래가 금방 밝은 미소를 지으며 태도를 바꾸자 권 선생님은 약간 당황하는 표정을 짓다가 평소처럼 침착하게 대답을 했다.

"응, 60이 넘으신 할아버지와 할머니 두 분만 계셔. 아들, 딸들이 모두 캐나다로 이민을 갔다던가. 하여튼 두 노인네가 살기에는 좀 적적한 기분이 들어서 하숙생을 받으신 거란다. 우리 학교 선생님 중에서 하숙집 할아버지의 친척이 되시는 분이 계시거든. 그 선생님이 소개를 해주셨어."

"네."

"이놈 봐라. 너 중3이 되더니 제법 어른스러워진 것 같은데? 어때, 학교 생활이 즐겁지?"

"네."

그 때였다. 저쪽에서 부리나케 달려오는 여학생이 있었다. 화연이었다.

"권영일 선생님, 안녕하셨어요?"

"오, 그래. 전화연. 오랜만이구나, 여전히 공부도 잘하고?"

"네, 그저 그래요."

화연인 권 선생님의 팔을 잡았다 놓으며 나래를 힐끗 쳐다보았다.
"안녕!"
나래가 먼저 인사를 했다.
화연인 나래에게 싱긋 웃어 보이고는 권영일 선생님에게로 시선을 돌렸다.
"선생님, 언제부터 이 골목으로 다니셨어요?"
"응, 일주일 전부터. 하숙을 옮겼거든."
"어머나, 그러세요. 하숙집이 어디에요? 선생님!"
"저쪽 동사무소 앞 골목이야. 자. 우리 여기서 헤어져야 되겠구나. 나래야, 조심해서 들어라."

골목 서점을 돌아 나온 뒤 선생님은 나래에게 액자를 건네주며 잘 가라고 손짓을 했다. 나래와 화연인 똑같이 허리를 숙여 인사를 하고 왼쪽 길로 들어섰다.

9. 야생화 자수 액자

"그게 무언데 권 선생님이 들어다 주셨니?"

돌층계를 올라가며 화연인 함께 들어줄 생각은 안 하고 따지듯 물었다.

"이거? 우리 엄마가 여고 시절에 만드셨다는 자수 액자인데 교실 뒤에 걸려고."

"어머나, 애 좀 봐. 요즘 청계천 쪽으로 나가보면 수두룩한 게 명화인데 그렇게 오래된 액자를 걸자는 말이니? 바야흐로 때는 스피드 시대야. 어제 다르고 오늘 다른데 그건 너무 한 것 같구나."

"걱정도 팔자다. 요즘엔 골동품이 더 값나간다는 것 알기나 하니?"

어느새 뒤따라왔는지 '조로'처럼 나타난 정숙이가 나래의 액자를 잡아 올리며 화연의 말을 보기 좋게 꺾어버렸다.

"흥, 약방의 감초가 어디라고 빠질 수 있니?"

"맞아, 난 약방의 감초야. 넌 혹시 독버섯이 아니니?"

"아니, 점점?"

화연이가 발걸음을 멈추고 정숙을 노려보았다.

"얘, 나래야, 잘못하면 지각하겠다. 빨리 걷자."

두 사람 사이에서 어떻게 해야 좋을지 몰라 망설이고 있는 나래를 정숙이가 잡아끌었다.

"화연아, 어서 가자. 교실에 가서 이 액자를 걸어보고 잘 어울리지 않을 땐 다른 것으로 바꾸면 되지 뭐."

나래가 화연의 등을 떠밀자 화연은 마지못해 걷는 것처럼 발걸음을 떼어놓았다.

"와, 멋있다!"

"어린이 대공원에서 철모르고 뛰어놀던 때가 몹시도 그립구나."

정숙과 나래가 액자를 쌌던 보자기를 벗겨내자마자 현희와 지선이 감탄을 하듯 말하였다. 검정색 바탕에 작은 야생화들이 예쁘게 수놓아져 있고, 어린아이들이 제멋대로 서서 토끼풀들을 내려다보는 자수였다.

"어때, 괜찮겠니?"

나래가 정숙일 바라보며 물었다.

"너한테 가져다 달라고 부탁한 내가 무슨 할 말이 있겠니? 너무 멋져. 어서 걸어보자."

정숙이 나래에게 고마워하며 액자를 들어 아이들에게 보여주며 말했다.

"우리 학급은 다른 반보다 좀더 개성 있게 환경 미화를 했으면 좋겠어. 어떠니? 이 액자?"

"야, 멋지다. 이리 가져와, 내가 걸 테니."

미화 부장인 소라가 책상을 뒤로 끌어다놓고 그 위에 올라서서 손짓을 했다.

"그 꼬마 녀석들 꼭 내 동생들 같구나."

은주가 다가와서 액자 속의 아이들이 꼭 마음에 든다는 듯이 말하자 다른 아이들도 여기저기서 괜찮으니 어서 걸어보라고 떠들어댔다.

"매우 훌륭합니다!"

진담인지는 몰라도 화연의 목소리를 들으며 나래도 그 낡은 액자가 교실로 옮겨지길 잘했다고 생각하였다.

"아니, 저 뒤에 걸어 놓은 자수 액자는 누가 가져왔니?"

교실 안이 제법 조용해지고 각자 자율 학습을 하고 있을 때 담임 선생님이 교실에 들어서자마자 대단한 발견이라도 한 것처럼 눈을 휘둥그레 뜨고 아이들에게 물었다.

"강나래요!"

진희가 곧바로 대답하자 선생님은 알았다는 듯이 고개를 몇 번 끄덕이고는 금세 별일이 아닌 것처럼 거슴츠레한 눈으로 그 액자를 한참 동안 바라보는 것이었다.

"강나래, 이리 좀 나와 보겠니?"

이윽고 선생님은 교탁 옆의 보조 의자에 앉으며 나래에게 손짓을 했다.

'선생님이 왜 저러실까? 뭐가 잘못된 건가?'

아까부터 선생님의 표정과 태도에 불안해하며 가슴 조이던 나래가 기다렸다는 듯이 자리에서 일어나 서서히 앞으로 나갔다.

"음, 저 자수 액자 누가 만든 건지 알고 있니?"

"네, 저희 엄마가요."

"너희 엄마 고향은?"

"네, 전북으로 알고 있어요."

"그렇지? 여고는 어디에서 다녔다던? 참 너희 엄마 이름이 뭐지?"

선생님은 금방 밝은 표정이 되어 한꺼번에 몇 가지 질문을 하면서 나래의 얼굴을 샅샅이 뜯어보는 것이었다.

"기자 윤자 희자예요."

"맞다, 맞아. 기윤희! 어쩌면 넌 꼭 너희 엄마의 어렸을 적 모습을 그대로 닮았니?"

"네? 선생님이 어떻게 저희 엄마를 아세요? 그리고 제가 엄마를 닮았다고요?"

나래는 어리둥절해서 어찌할 바를 몰랐다. 나래뿐만 아니라 조용히 공부를 하고 있던 아이들까지 모두 고개를 들고 두 사람이 주고받는 이야기에 귀를 기울이다가 하나 같이 영문을 몰라 눈을 깜빡거리고 있었다.

"그래, 네 엄마와 난 고향 친구야. 기윤희! 얼마나 보고 싶었는데. 그때 너희 엄마는 미국으로 유학을 갔었는데."

"네, 처녀 때에 다녀왔다고 들었어요."

"그래, 그 뒤론 서로 소식이 끊어졌었지. 난 섬에 있는 학교로 자원

해서 거기서 줄곧 지냈으니까."

선생님은 또 나래가 가져와 건 액자로 눈을 돌리고 마치 먼 추억이라도 더듬는 듯 고개를 여러 차례 끄덕거리는 것이었다.

"야, 나래는 좋겠다. 엄마와 선생님이 여고 동창이라니, 이래저래 나래는 복도 많지 뭐니?"

반은 부러운 목소리면서 반은 진심으로 잘된 일이라는 듯 나래에게 윙크를 보내며 말한 아이는 정숙이었다.

"선생님 섬 이야기가 듣고 싶어요."

자습은 안 하고 시종 일관 선생님과 나래를 지켜보고 있던 현희가 또 풍딴지같은 질문을 해서 교실 안은 웅성거리기 시작했다.

"섬 이야기? 언제 기회가 있으면 들려주기로 하자구나. 어쨌든 환경 미화를 하기 위해 엄마의 고등학교 적 작품까지 들고 나온 강나래의 성의에 우리 모두 박수를 보내자."

선생님의 말에 아이들도 손뼉을 치며 나래를 향해 한 마디씩 찬사를 보냈다.

"나래양, 오늘 일도 순전히 내 덕이 아니겠는고?"

쉬는 시간에 나래의 옆으로 다가온 정숙이가 농담을 하며 옆구리를 쿡 찔렀다.

"선생님도 대단하시지? 어떻게 저 액자를 보고 바로 고등학교 시절을 떠올리니?"

"그야, 그 당시 사람들만이 통하는 무언가가 있겠지. 하여튼 우리 선생님 대단히 기뻐하시더라. 너희 엄마 한번 학교에 나오셔야겠다, 얘."

"응, 그렇지 않아도 내일 모레 학부형 총회 때 나오신다고 하셨어."

"잘됐구나, 부럽다. 부러워!"

정숙이가 다시 제자리로 걸어가고 있을 때 화연이가 앞을 막아서며 말했다.

"저 뒤 벽에 걸 액자는 네가 맡았던 게 아니니?"

"그런데 왜?"

"왜긴? 넌 책임감도 없어?"

"책임감이 있으니까 나래에게 부탁하여 가져오게 했잖니? 왜 샘이 나서 그래? 저 액자 때문에 나래가 박수를 받아서?"

"이게, 말조심해!"

화연인 정숙일 저만큼 밀어붙였다.

"참는 것도 한계가 있어. 한번 해볼까?"

정숙인 뒤로 넘어질 것처럼 중심을 잃었다가 이내 일어서서 화연의 목덜미를 꽉 붙잡고 놓아주질 않았다.

"얘들아, 왜 그러니? 정숙아, 이 손 놓아."

나래는 금방이라도 숨이 넘어갈 듯 빨갛게 변해 가는 화연의 얼굴을 바라보며 겁이 나서 발을 동동 굴렀다.

"너 공부만 잘하면 제일인 줄 알아? 남 잘되는 건 싫고, 이 심통! 나한테 혼 좀 나봐라!"

정숙인 마치 레슬링 선수처럼 힘을 모으더니 화연일 교실 뒤편으로 힘껏 내동댕이치고 말았다.

"쿵!"

"어이쿠!"

예은이와 기원이가 달려가 화연일 일으켰다.

"왜들 이래? 제발 조용히들 지내자구나."

"흥, 누구 때문에 일이 벌어졌는데?"

나래의 말에 콧방귀를 뀌며 아니꼽게 바라보던 아이는 내내 아무 소리도 않고 지켜보던 미진이었다.

"화연이도 그렇지만 난 미진일 더 이해할 수가 없어. 지난 만우절엔 나 대신 화연에게 생닭발이 담긴 콜라를 마시게 하더니 오늘은 또 내게 원인이 있다며 무서운 얼굴을 하고 날 바라보잖니?"

"콜라야말로 제대로 임자를 찾은 거지."

"아니야. 그 때 장미진이가 큰소리로 외쳐서 화연에게 바통을 넘기게 된 거야. 난 그런 미진을 어떻게 대해야 좋을지 모르겠어. 어쩌면 꼭 우리 언니 성격하고 비슷한 것도 같고."

"얘는 또 별안간, 왜 너희 언니가 등장하니? 하하하, 웃긴다!"

등나무 밑에서 차를 마시며, 정숙인 아침에 화연과 거칠게 싸우던 아이답지 않게 호탕하게 웃으며 나래의 이야길 들어주고 있는 것이다.

"미안하지만 부장들은 오후에 남아서 우리 교실 환경 미화의 끝마무리 작업을 부탁드리겠습니다."

미화 부장인 소라가 종례시간 전에 칠판 한쪽 구석에 써 놓은 글이다.

"기분 나빠서 남고 싶지도 않단 말이다."

화연이가 토라져서 책가방을 들고 교실 뒷문으로 나가려 할 때였다.

"야, 아까는 미안했다. 우리 학급이 다른 반보다 특색 있게 꾸며져야 될게 아니냐? 화연이 네 머리에서 나오는 아이디어가 없다면 우리 반은 솔직히 가망이 없다고 해도 과언이 아닐걸!"

언제부터 그렇게 애교스러웠는지 정숙이가 화연이에게 악수를 청하며 생글생글 웃기까지 하자 화연이도 피식 웃으며 뒷걸음으로 교실에 들어서지 않을 수가 없었다.

"좋아, 우리 열심히 해 보자!"

"멋쟁이가 따로 없다. 마정숙! 파이팅!"

웬일로 예은이 정숙을 향하여 엄지손가락을 쑥 내밀어 올리며 칭찬까지 곁들였다.

"얘들아, 4반 아이들은 청소함을 예쁜 색지로 싸고 있어. 우리도 그렇게 하자."

진희가 옆 반을 창틈으로 살짝 넘겨보고 와서 정보를 제공했다.

"오, 그래. 그렇다면 우리는 한지를 이용해서 고상하게 꾸미고 청소함 속까지 비닐종이로 깨끗하게 싼 뒤에 빗자루를 걸 수 있는 못을 나란히 박으면 어떨까?"

과연 소라는 미화 부장답게 한 술을 더 떴다.

"아, 뻐꾸기 뻐꾸기, 그곳 실태는 어떠한가?"

"아, 뻐꾸기 뻐꾸기, 여기는 3학년 남학생 반인데 모두 별 볼일 없다고 본다. 안심하고 작전대로 계속해서 진행하라!"

지선과 소연인 마치 무전기라도 지닌 것처럼 남학생 교실을 둘러보고 와서 호들갑을 떨었다.

"도서 부장인 은주와 서기 한솔인 학급 문고를 예쁘게 싸서 정리하

9. 야생화 자수 액자

고 도서 목록까지 작성해서 붙여야 한다. 알았지?"

오늘의 총 지휘자는 어디까지나 미화 부장인 허소라다.

"네네, 잘 알겠습니다. 분부 잘 받들겠습니다."

"참, 학급 특색란은 어떻게 꾸밀까?"

"나래와 화연이가 그 쪽을 맡아 줘! 너희 둘만 믿는다."

소라가 시치미를 뚝 떼고 뒤편의 작품란을 가리키자 화연과 나래는 동시에 서로의 얼굴을 마주 보았다.

"좋은 생각이 있음 말해 봐!"

나래가 먼저 화연에게 말했다.

"난 없어. 너 좋을 대로 꾸며라."

"나도 특별한 생각이 떠오르지 않는데 그냥 해오던 대로 하자구나. 정성을 다해서 꾸미면 되겠지 뭐."

"그래, 정숙이가 써온 붓글씨와 네가 써온 독후감도 붙이고 또 이쪽 부분은 학급 신문을 만들어 붙이면 될 것 같은데."

어느새 나래와 화연인 이마를 마주 대고 앉아서 연습장에다 초안을 잡아보며 다정하게 이야기를 나누고 있었다.

과학란, 통일란 등을 꾸미고 있던 정숙이와 예은이가 이쪽을 보며 낄낄낄 웃었다.

"참, 좋은 생각이 있어. 이건 전에 우리 언니가 고등학교 때 해 가는 걸 봤는데 까만 음반 위에 여러 개의 우표를 붙여서 간단한 우표 수집의 견본품으로 내걸고 또 우리가 가사 실습 시간에 만든 복주머니와 저고리, 앞치마 등도 멋지게 접어서 배치하자."

"제목은 '우리들의 솜씨란'이라고 크게 써 붙이면 되겠다. 참, 수원이가 그린 수채화도 한 장 붙여야지. 부장들 것만 붙이면 안 되겠지?"

"그래, 수원인 앞으로 미술가가 될 거야. 어쩌면 그렇게 구도를 잘 잡는지 모르겠어."

더이상 걱정할 게 없었다.

남아서 환경 미화에 정성을 쏟고 있는 아이들은 시간 가는 줄도 모르고 모두가 한마음 한뜻이 되어 열심히 맡은 일을 다 하고 있었다.

"'모방은 곧 창작일지니' 어쨌든 우리들이 1, 2학년 때 선생님한테서 걱정을 들어가며 배운 솜씨들을 한 데 모아 놓으니까 제법 근사한 교실이 된 것 같지 않니?"

소라가 스스로 자화자찬을 하며 흐뭇하다는 듯이 말하자, 나래도 교실을 빙 둘러보며 거들었다.

"이만하면 됐어. 환경 미화 심사에서 우리 반이 등수에 들고 안 들고를 떠나서 우리 손으로 우리들의 교실을 이렇게 말끔하게 꾸며 놨으니 우리 모두 일심동체가 되어 일 년간을 보람 있게 보내면 돼!"

"이제 보니 나래가 제법 어른스러워진 것 같구나. 며칠 전까지만 해도 사춘기 소녀의 티를 못 벗어난 것 같더니만."

"얘, 그럼 넌 이미 사춘기를 벗어났다는 말이니?"

현희가 야무지게 따지는 바람에 정숙이 목을 움츠리며 어깨를 두어 번 올렸다 내렸다 하는 모습을 보고 아이들은 또 한바탕 깔깔거리며 웃어댔다.

"이젠 더이상 웃을 기운도 없다. 어서들 가자. 밖이 어두워졌다."

"벌써 여섯 시가 넘었구나. 오늘은 이상 끝이다. 대신에 내일은 대청소를 깨끗이 하는 거야. 기름 걸레로 바닥도 열심히 닦고 창틈 사이사이의 먼지도 제거하고."

"그러고 보니 소라야말로 장래 며느릿감에게 시집살이 꽤나 시키겠구나. 웬 잔소리가 저렇게도 많니?"

"그래서 책임이란 게 무서운 거란다. 만일 소라가 미화 부장만 아니었다면 벌써 집에 가서 발 씻고 주무시고 계실걸!"

"맞다, 네 말이 맞아. 내가 이토록 열과 성의를 다하는 건 순전히 책임감 때문이다."

"그럼 우리들은 뭐야?"

소연이가 교실 바닥에 떨어진 색상지 조각들을 주워 모으며 뾰로통해진 입으로 한마디 하자 지선이 얼른 대답하며 나섰다.

"일심동체! '내가 바로 너이고 네가 바로 나'다 이거야. '주인 정신'이란 말 못 들어봤니? 우리 모두가 이 학급의 주인이란 말일세."

"야, 오랜만에 지선이가 멋진 말을 했다. 우리 다 같이 지선에게 박수를!"

"하여튼 너희들, 수고 많았다. 어서들 가자."

10. 사춘기 가슴앓이

나래가 앞장을 서서 책가방을 들고 밖으로 나오자, 화연이가 뒤따르며 말했다.
"참, 나래야 너 떡볶이 안 살 거야?"
"너희들만 좋다면 살게. 나에게 용돈이 좀 있으니까."
"와! 대환영이다. 기왕 늦은 거 허기나 채워야지."
"개나리꽃 진달래꽃 피고, 아지랑이 강둑에 필 때, 순이야, 보고픈 나의 순이, 나비처럼 내 곁에 와주오."
아이들은 배가 고프다하면서도 학굣길을 내려오며 신나게 노래를 부르다가 왁자지껄 떠들다가 '하하하하' 큰소리로 웃어대는 것이었다.
"와, 우람 오빠. 오랜만이야!"

떡볶이 집 출입문을 밀고 들어서자마자 정숙이가 저쪽 편에서 떡볶이를 열심히 먹고 있는 남학생들 앞으로 달려가며 외치는 소리였다.

"쟤가 왜 저러니?"

화연이가 나래에게 묻자 갑자기 나래의 얼굴이 발갛게 달아올랐다.

"너도 저 뚱뚱한 아저씨를 알고 있어?"

마치 형사라도 된 듯 화연이 나래의 얼굴을 살펴가며 다시 묻는 것이었다.

"아니야, 꼭 한번 만난 일이 있던 오빠야. 정숙이 엄마의 친구 아들이래."

"그런데 네가 왜 그렇게 부끄러워하니?"

"부끄러워하긴."

학교가 보이는 쪽 유리문 옆으로 아이들이 나란히 줄을 지어 앉자 가게 주인아줌마가 주문을 받았다.

"여기 다섯 접시만 갖다 주세요!"

나래가 아줌마에게 말하자 어느새 왔는지 우람이가 여학생들 앞에 탁 버티고 서서 말하였다.

"아, 저 이우람이라 합니다. 반갑습니다. 오늘의 떡볶이 값은 제가 내겠습니다. 마음 놓고 많이들 잡수십시오."

"네? 왜 댁이 냅니까? 우린 뭐 돈도 없이 떡볶이 집에 들어온 줄 아세요?"

현희가 기분 나쁘다는 듯 대들자 우람이는 예나 지금이나 다름없이 능글맞게 웃으며 대답하였다.

"아, 정숙에게 간단하게 들었습니다. 환경 미화하느라고 고생이 많으셨다죠? 또 지금 극도로 허기진 상태라는 걸, 아참, 강나래 양은 초면이 아니죠? 안녕하셨어요? 우리 악수 한번 합시다."

"와아. 강나래, 얌전한 강아지가 부뚜막엔 먼저 오른다고 저렇게 믿음직스러운 오빠를 언제 사귀었니?"

기원이 나래를 향하여 놀려주자 정숙이 막고 나섰다.

"얘는. 우리 옆집에 살던 오빠인데 지난번에 나래와 함께 이곳에서 만난 적이 있거든. 너희들 오해하지 마, D외고에서도 공부 잘하는 모범생이니까. 생김새는 꼭 뒷골목을 주름잡는 사나이처럼 생겼지만."

"하하하하!"

큰소리로 웃어대는 사람들은 이쪽 여학생들이 아니라 저쪽 편의 남학생들이었다.

"야, 너희들은 조용히 먹고 나가. 난 여기에 합석해서 잠깐 이야길 나눌 테니까."

우람인 굳이 나래의 맞은편에 자리를 잡아 앉으며 다른 남학생들에게 손을 흔들어 사인을 보냈다.

"우리 다른 집으로 옮길까?"

나래가 금세 언짢은 얼굴을 하며 일어서려하자 우람인 그 큰 손바닥으로 나래의 어깨를 꾹 눌러 앉히면서 태연스럽기 말하는 것이었다.

"제가 뭐 다른 뜻이 있어서 그러는 게 아닙니다. 우리 학교 철학 선생님께서, 참 정숙아, 너 저번에 권영일 선생님 이야길 한 적이 있었지?"

우람인 여학생들을 하나하나 바라보며 말을 꺼내더니 정숙일 보며 확인을 하듯 물었다.

"응. 그런데?"

권영일 선생님의 이야기가 나오자 정숙뿐만 아니라 다른 아이들 모두가 눈빛을 반짝이며 우람이를 바라보았다.

"아, 글쎄 그 선생님께서 우리더러 혹시 Y중 학생들을 만나거든 친동생처럼 대해주라는 부탁 말씀을 어디 한두 번 하셨어야 말이지."

"으악, 이런 엉터리 오빠!"

정숙이가 기대에 어긋났다는 듯이 말하자 아이들 역시 어이가 없어서 '하하하!' 웃을 수밖에 없었다.

"그건 그렇고. 오빠, 우리 권영일 선생님은 안녕하시지? 내가 말한 대로 참 멋진 분이시고. 그렇게 안 느꼈어?"

정숙인 아주 자연스럽게 그러면서도 권 선생님에 대해 누구 못지않게 관심이 많다는 듯 적극적으로 캐어물었다.

아이들은 어느새 불청객 남학생이 문제가 아니라 권영일 선생님에 대한 이야기로 화젯거리가 바뀌어 서로들 한 마디씩 하느라 주위가 시끄러웠다.

'이런, 내가 말을 잘못 꺼냈나?'

당당하게 여학생들의 환심을 한꺼번에 사려했던 우람이가 어찌할 바를 몰라 좌불안석할 때 화연이 정숙을 보며 말하였다.

"야! 등잔불 밑이 어둡다더니 마정숙! 권 선생님에 대해 알고 싶으면 강나래한테 물어보라고."

"응? 그건 또 무슨 뜻이야?"

정숙이가 화연과 나래를 번갈아 보며 눈치를 살피자 소라가 우람이를 향하여 말했다.

"기왕 사 주시려거든 독촉 좀 해주세요. 우린 지금 웃을 기운도 없으니까요. 애들아, '금강산도 식후경!'"

"아휴, 빨리 좀 갖다 주세요!"

이윽고 떡볶이가 나오자 아이들은 체면 불구하고 열심히 먹으면서, 끊임없이 이어지는 우람의 익살 때문에 까르르 웃어대곤 하였다.

"오늘 잘 먹었어요. 고마워요!"

뒤도 안 돌아보고 말로만 인사를 하며 우르르 빠져나가는 여학생들이 아니 말괄량이들의 뒷모습을 멍청히 바라다보고 서 있는 우람이의 등을 누군가가 툭 건드렸다.

"값은 제가 낼게요."

다들 간 줄 알고 '닭 쫓던 개 지붕 쳐다보듯' 서 있던 우람이가 깜짝 놀라며 뒤돌아보았다. 아직 정숙이와 나래는 가지 않고 있었다.

"오, 강나래 양. 그러면 그렇지, 제가 사람을 잘못 볼 리는 없지요."

매우 겸연쩍은 듯 스포츠머리를 박박 긁어대며 큰 소리 치는 우람에게 정숙은 눈을 흘겨주며 혀를 쯧쯧 찼다.

"아까 화연이가 한 말 무슨 뜻이었냐고?"

어둑어둑한 골목길을 걸으며 정숙이는 자꾸만 나래를 졸랐다.

"넌 내가 전화로 알려줬는데도 믿지 않았잖니."

"얘가, 무슨 소리야? 네가 무얼 말했는데."

"기억이 안 나면 그만두자고."

나래가 총총걸음으로 앞장을 서자 정숙이는 급히 뛰어와서 다시 나래를 졸라댔다.

"끝까지 말하지 않으려 했는데 다시 한번 알려줄 테니 믿거나 말거나 그건 네 마음이야. 권영일 선생님께서 우리 옆집으로 하숙을 옮겨 오셨단 말이다."

"뭐? 뭐라고? 그게 정말이야?"

"아니. 난 지금도 꿈꾸고 있는지도 몰라 더 이상 그 이야기로 날 귀찮게 하진 말아. 알겠지?"

"와, 얘가 정말인가 보구나. 너 진짜 나에게 전화했었지? 난 믿을 수가 없어."

정숙이는 직접 제 눈으로 확인하지 않고선 믿을 수가 없다는 태도였다.

"그럼 잘 가!"

"너도."

나래는 또 정숙이와 헤어지는 순간부터 왠지 가슴이 답답함을 느꼈다.

하늘을 보았다. 희미하게 보이는 몇 개의 별들이 어쩌면 제자리가 아닌 곳에 박혀있는 것 같았다.

다시 고개를 내려 앞을 보니 골목 방범등이 눈부시게 빛을 쏟아내고 있었다.

'인간의 힘? 무서운 거, 어쩌면 사람살이도 그처럼 인위적으로 만들고 부수고 또는 옮기고 그렇게 적응하며 살다 가는 거겠지.'

나래가 부질없는 생각을 하며 막 동사무소 앞 골목으로 접어들 때였다.

"오, 우리 귀여운 막내딸. 어서 오너라. 내내 집에서 기다리다가 지금 마중 나오는 길이다. 잘 있었지? 왜 이렇게 늦었니?"

"네, 아빠. 오늘 올라오셨어요? 전 학교에서 환경 미화 때문에."

"그래, 힘들지? 자, 어서 가자. 아직 저녁도 안 먹었을 테고. 우리 공주가 얼마나 배가 고플까?"

한 손으로는 나래의 등을 토닥거려주며 또 한 손으로는 나래의 손목으로 꼬옥 쥐어주는 아빠의 그 따스한 손! 나래는 다른 때처럼 아빠! 하면서 그 널따란 품에 안기고 싶었다.

하지만 왜 이렇게 마음과 행동이 일치가 되지 않는 건지 나래는 그저 기운 없이 아빠에게 끌려 집안으로 들어갔다.

"이제 오니? 참 나래야. 너희 선생님한테 전화가 왔었어. 아휴! 그 깍쟁이 최경진이가 우리 막내딸의 담임이 될 줄이야. 여보! 정말이지 세상은 넓고도 좁지요?"

엄마는 무엇이 그리도 좋은지 싱글벙글 웃으며 나래의 책가방을 받아들었다.

"그래요? 당신과 여고 시절에 계속 라이벌이라던?"

"네, 그렇다니까요. 아침에 나래가 저기 주방에 걸려있던 자수 액자를 학교로 가져갔지 뭐예요. 교실 벽에 건다고요. 그런데 그걸 보고 경진이가 금방 알아냈다지 않아요? 그 당시 그 액자를 완성한 아이들의 숫자는 손으로 꼽을 정도였으니까요. 아이들은 자라서 어른이 되고, 그 어른들의 아이들이 다시 그 같은 길을 걷고 있는 걸 지켜보며 하루하루 늙고 있다니."

"당신이야말로 나 없는 사이에 더 젊어지고 예뻐진 것 같은데?"

"어머나, 놀리시긴. 흰머리가 셀 수 없이 많아졌을걸요. 이젠 나도 염색을 하지 않을 수가 없을 것 같아요."

오늘뿐만이 아니다. 언제 보아도 나래의 아버지와 어머닌 잉꼬부부라는 호칭에 걸맞게 다정하기만 하다. 서로 마주하면 무슨 이야기가 그렇게도 즐거운지 시간 가는 줄도 모르고 사랑의 대화는 끝이 없었다.

"엄마, 저 배고파요."

나래는 지금 배가 고파서 그러는 게 아니었다. 어쩌면 엄마를 질투하고 있는지도 모를 일이다.

"내 정신 좀 봐라. 하마터면 우리 나래 저녁을 굶길 뻔했구나."

엄마가 서두르며 주방으로 가자 나래는 아버지 곁에 앉았다.

"아빠, 솔직히 말해 주세요. 집을 떠나시면 누가 가장 보고 싶으세요?"

아빠는 갑작스런 나래의 질문에 당황한 듯 눈을 크게 떠서 나래를 한 번 쳐다보고는 이내 웃음 띤 얼굴로 대답하였다.

"그래. 솔직히 말해서 너희들이 어렸을 때에 하루만 집을 비워도 너희들 생각만 나던데 지금은 나이가 들어 갈수록 너희 엄마가 더 보고 싶더구나. 어때, 내가 대답을 잘한 건지 못한 건지 모르겠구나."

아빠가 나래의 얼굴을 살펴보며 말하자 나래는 그대로 일어서서 자기 방으로 들어가버렸다.

"어이구, 저 녀석도 하하하하! 아직도 우리 나래가 어린애인 줄을 깜박 잊었었구나. 나래야 내가 잘못했다. 솔직히 넌 우리의 자랑이야."

아빠는 너털웃음을 웃으며 나래를 불렀다. 엄마도 식탁에 밥을 차려 놓았다며 노크를 했다.

그러나 나래는 끝내 방에서 나오지 않았다. 피곤해서 일찍 자겠다고 했다.

"우리 나래가 사춘기 병을 너무 심하게 앓고 있나 봐요. 이따금씩 우울해 하고 철없이 까다로워지는 걸 보면."

엄마는 좀 심각하게 말했지만 아버지는 계속해서 껄껄껄 웃으며 아무 것도 아니라고 잡아떼었다.

"얘들아, 희소식이다. 우리 학급이 환경 미화 심사에서 우수 학급으로 뽑혔다지 뭐니?"

"정말이니? 우리 5반 만세!"

아이들은 나래의 말을 듣고 모두 손뼉을 치며 좋아했다.

"이번 환경 미화에서 가장 큰 공을 세운 건 저 뒤에 걸려 있는 자수 액자가 아닐까? 교실 앞문을 딱 들어서면 맨 먼저 환하게 눈에 띄는 게 교실 전체 분위기를 살려주지 않니?"

공연히 정숙이가 나서서 화연일 또다시 건드려 보는 것이었다.

"맞아, 네 말이 맞아. 다음은 무엇이 괜찮았니?"

예상 밖으로 화연이가 기분 좋은 얼굴을 바꾸지 않고 정숙이의 말에 호응을 하자 정숙이는 열없어서 피식 웃으며 말을 계속했다.

"아니야, 네가 저 액자가 마음에 안 든다고 했지 않니? 그래서 한 말인데, 실은 우리 모두가 협동 단결한 덕분이었지. 헤헤헤!"

"난 마음에 들지 않는다 하진 않았어. 네가 할 일을 나래한테 미루었다고 했을 뿐이지."

"그래, 알았어. '공자 앞에서 문자 쓰다'가 하마터면 큰일 날 뻔했네."

정숙이 일부러 식은땀이라도 씻어내듯 이마를 닦으며 바르게 앉자 화연도 대수롭지 않게 여기며 자세를 바르게 고쳤다.

"어쨌든 우리 반 학생 모두가 하나로 뭉치는 좋은 계기가 되었던 것 같습니다. 이제부터는 이렇게 잘 정리 정돈된 교실에서 얼마만큼 실력을 향상시켜 나가느냐가 문제일 것 같습니다."

화연과 정숙이 잠깐 동안 입씨름을 하고 있을 때, 반장인 나래는 '실력 있는 학생이 되자'라는 H·R 주제를 놓고 회의를 진행해 가고 있었다.

"이에 따른 실천 사항을 발표해 주십시오."

나래가 반 아이들을 둘러보며 의견을 묻자 현희가 손을 들고 일어섰다.

"우리 학급이 환경 미화에서 우수 학급으로 선정된 것은 순전히 우리들이 한마음 한뜻이 되어 즐거운 마음으로 일했기 때문입니다."

"우와!"

수다스런 현희가 제법 의젓한 발언을 하자 아이들은 감탄사를 연발하여 다음 말을 기대했다.

"그러니 공부도 즐거운 마음으로 하면 능률이 오르지 않겠습니까? 그리고 저기 연통 구멍을 덮은 나뭇잎과 무당벌레는 오로지 제 아이디어였고 그로 인해 우리 반이 뽑혔다는 걸 매우 자랑스럽게 생각하는 바입니다."

"하하하하, 그러면 그렇지."

현희는 항상 잘 나가다가 삼천포 쪽으로 빠지는 게 탈이다.

서기인 한솔인 칠판에다가 '즐거운 마음으로 학습에 임하자'라고 써 놓았다.

몇 가지 실천 사항을 정한 뒤 기타 안건으로 '봄소풍' 이야기가 나오자 교실 안은 금세 설렘으로 웅성거리기 시작했다.

11. 영실의 재즈 댄스

"각 교실에 알립니다. 학생들은 전원 9시 20분까지 운동장으로 집합해 주시기 바랍니다."

방송을 통해 호동 왕자님의 낭랑한 목소리가 울려오자 아이들은 벌떼처럼 교실을 빠져나갔다.

"얘, 너 헌인능에 가본 적 있니?"

"응, 전에 한번. 엄마와 아빠하고."

"난 처음인데 그곳 좋아?"

"별로야. 차라리 올림픽 공원이 좋은데."

정숙과 나래가 손을 잡고 운동장으로 나가며 이야기를 나누고 있을 때 누군가가 두 사람 사이를 떼어놓으며 사이에 끼어들었다. 얼마

전에 사이판에서 전학해 온 영실이었다.

"너희들 둘은 꼭 사랑하는 연인 같더라. 항상 같이 다니고."

"오우, 아이 러브 유! 이 사람 장영실 좋아해! 난 앞으로 과학자가 되고 싶거든."

금방 혀 꼬부라진 소리로 영실을 놀리고 있는 정숙의 재치는 언제나 나래의 기분을 즐겁게 해주었다.

"그렇게 놀리지 마. 난 겨우 3년밖에는 나가 있지 않았으니까. 그것도 아버지의 사업상 어쩔 수 없이."

영실은 생김새부터 이국적이고 키도 후리후리하게 커서 매우 시원스러운 인상이었다. 더욱이 어깨 밑까지 내려온 긴 머리를 예쁜 리본으로 묶어 더욱 매력적이었다.

"너 그 머리를 하나로 묶지 말고 나래처럼 양 갈래로 땋아보지 그러니?"

정숙인 저 자신은 꼭 선머슴처럼 하고 다니면서도 다른 사람의 여성스러움에는 항상 마음이 약해지는 것 같았다.

"며칠 전에 머릴 묶지 않고 왔다가 담임 선생님한테 불려가 호되게 야단을 맞았는걸! 당장 내일부터 머릴 자르고 오라는 거야. 남의 눈에 확 뜨이는 건 별로 바람직하질 못하다면서."

"그런데 용케도 잘 다니는구나."

"응, 난 재즈 무용을 전공으로 살리려 하거든. 요즈음도 YMCA에 나가서 연습을 하고 와. 일주일에 두 번씩!"

"아, 그랬었니?"

정숙인 또 새로운 사실을 알아냈다는 감격으로 고개를 여러 번 끄덕이었다.

"무용반 회원이란 확인서를 떼어다 드렸어. 대신 여고에 불합격되었을 땐 자르기로 약속하고."

영실인 상냥스럽게도 물어보지 않은 말까지 다 털어놓으며 이야기를 곧잘 했다.

"어서 가서 줄을 서자."

이윽고 반별로 줄을 서서 출석 점호를 하였다.

"선생님, 진희하고 미진이 아직 안 왔어요."

나래가 선생님에게 보고를 하자 지선이 나서며 말했다.

"아까 그 아이들 화장실 안에서 최대한으로 멋을 부리고 있던데? 마치 무대에 설 연극배우처럼."

"점호가 끝난 반은 차례차례로 출발해 주십시오."

조회대에서 마이크를 잡고 지시를 하고 있는 체육 선생님을 향하여 소연이와 경아가 손을 흔들며 아는 체를 했다.

"우리 반은 조금 늦게 출발해야 되겠구나. 미진과 진희가 올 때까지 기다려서 떠나야지."

담임 선생님이 맨 앞줄의 아이들을 손으로 막으며 교실 쪽을 바라보고 있을 때였다.

"선생님 미진과 지연인 벌써 교문 앞에서 기다리고 있는걸요."

수원의 말에 아이들은 모두 그 쪽으로 고개를 돌렸다. 다른 반 아이들이 빠져나가고 있는 교문 옆에 서서 미진과 진희가 이쪽을 보며 빨리 오지 않고 무엇들 하느냐며 환한 표정으로 손짓을 하고 있었다.

"아휴, 저 옷차림 좀 봐. 하하하, 어디서 저런 벙거지 모자를 빌려

썼지? 꼭 서부극에서 나오는 카우보이 같다. 드디어 반짝이는 조끼가 빛을 보는 날이군!"

수원인 미루어 짐작을 하고도 남는다는 듯 흥미진진한 표정으로 중얼거렸다.

"됐다. 우리 반도 출발이다. 앞으로 가!"

담임 선생님은 수원이의 등을 살짝 밀며 아이들을 출발시켰다. 미진이와 진희는 재빨리 줄서 가는 아이들 틈새로 끼어들었다. 선생님은 그들 모습을 지켜보면서도 모르는 체 아무 소리도 안 했다.

이윽고 버스에서 내린 아이들은 한참 동안 걸어서 소풍지에 도착했다.

"어이구, 다리야. 저기 저 무덤 하나 보러 오느라 이 고생을 하다니."

현희는 잔디밭에 아예 두 다리를 쭉 뻗고 앉아 이마의 땀을 씻어내며 말했다.

"저게 누구의 능인지 가까이 가서 안내문이나 읽어보고 오자!"

화연은 학구파답게 몇몇 아이들을 데리고 능 앞으로 몰려갔다.

"선생님, 점심 안 먹어요?"

뒤뚱거리는 체격에 간신히 꼴찌로 따라온 경아가 숨을 할딱거리면서 벌써부터 점심 타령이다.

"각 반 반장들은 여기 본부석 앞으로 자기 반 아이들을 10분 이내 집합 시킨다. 가장 느린 반은 저기 산꼭대기까지 뛰어갔다 오는 거다. 집합!"

호동 왕자는 여기까지 앰프를 싣고 와서 마이크를 잡고 박력 있는 목소리로 호령을 했다.

"와아!"

부리나케 모여든 아이들이 금세 줄을 맞춰 섰다.

"지금부터 한 시간 반 동안 전체 놀이를 한 다음에 점심을 먹고 나서 각 반별로 자유 시간을 갖도록 한다. 소풍도 학습의 연장이니 만큼 질서를 지키고 자연 보호에도 각별히…."

"학급 별 장기 자랑이 있으려나 봐. 우리 반은 누굴 내세울까?"

아이들에게 오늘 같은 날은 체육 선생님의 걸걸한 목소리도 아랑곳없었다. 저쪽 옆에 앉아 있는 남학생들에게 무언가 화끈한 모습을 보여주겠다는 의지의 눈빛들이 초롱초롱 빛나고 있었다.

"우리 반은 이미 정해져 있지 않니? 저렇게 준비를 하고 온 성의를 봐서라도."

소연이가 미진이와 진희를 가리키며 말하자 정숙이가 정색을 하고 나섰다.

"저 아이들을 우리 반 대표로 내세운다? 학급 망신이다. 얘, 아는 아이들은 다 알 텐데. 그리고 저게 뭐니? 학생답지 않게 옷차림하며 얼굴에 화장품을 들어부었잖니?"

"오늘 하루쯤이야. 저런 아이들이야 이런 행사를 얼마나 손꼽아 기다렸겠니? 우리가 귀엽게 봐주면 되지."

한솔이가 너그럽게 말하자 정숙이는 도저히 안 되는 말이라고 잡아뗐다.

"차라리 사이판에서 온 친구 영실 양의 재즈 무용을 보는 게 어떨까?"

"재즈 무용? 그 아이가 그런 춤을 추니? 어디 한번 구경이나 해보자."
예은도 기대가 된다는 듯 찬성하며 나섰다.

"애들아, 우리 반의 명가수 호숙인 어떻게 하고? 2학년 때도 호숙이의 인기가 최고였다고. 박남정의 노래를 끝내주게 잘하잖니?"

서로들 자기주장을 하며 웅성거리고 있을 때 무대에서는 벌써 1반 아이들 세 명이 나와 한 사람은 앞에서 노래를 부르고 두 사람은 뒤에서 춤을 추고 있었다.

"야! 잘한다."

"언니! 언니!"

마치 인기 가수라도 나와서 노래를 부르는 양 마이크를 이쪽저쪽으로 바꿔가며 멋진 폼을 재고 있는 그 아이야말로 공부라는 학생이라기보다는 차라리 프로 가수라고 해도 과언은 아닐 성싶었다.

"빨리빨리 얘들아, 누가 나갈 거야? 호숙아, 너 노래 할 수 있지?"

나래가 서두르며 호숙일 바라보자 호숙은 1반 아이에게 이미 KO패 당한 것처럼 싫다고 도리질을 했다.

"그럼, 미진과 진희의 춤을?"

"안 돼. 영실이의 무용이 낫겠다. 장영실, 할 수 있지? 음악 테이프는 지선이가 가져왔으니까."

"그래 해볼게."

영실은 긴 머리를 묶은 리본을 잡아 뽑으며 흔쾌히 승낙을 하였다.

"오우, 박수!"

어느 새 5반 차례가 되어 영실이 요란스러운 박수를 받으며 임시 무대가 된 언덕 위로 올라갔다.

"와아!"

남학생들 편에서 더욱 시끄러운 환호 소리가 울려나왔다.

"저렇게 멋진 여자애가 우리 학교에 있었었니?"

"오우, 캡이다!"

정말이지 멋진 스텝과 손놀림 그리고 알맞게 흔드는 영실이의 몸짓은 너무 지나치지도 않으면서 아이들 전체를 매료시켰다.

남학생들은 이상한 휘파람 소리까지 내며 손뼉을 치다가 자리에서 일어나 손을 흔드는 등 야단법석이었다.

"얘들아, 미진이와 진희가 안 보인다!"

어느새 폭풍우가 개인 것처럼 잔잔해진 분위기 속에서 9반 남학생들이 벌이는 촌극에 아이들의 시선이 몰려있을 때 한솔이가 새로운 발견이라도 한 듯 큰소리로 말했다.

"그럼 그렇지. 며칠 전부터 세웠던 계획이 무산되었는데 그 애들이 자리를 지키고 앉아있을 것 같니?"

수원인 그들의 속셈을 다 알고 있는 듯 고개를 끄덕이며 말했다.

"맞아. 1반의 혜정과 3반의 영애가 어제 우리 교실 앞에서 미진일 찾았었어."

"내 말이 맞지? 그 아이들도 오늘 똑같이 반짝이 조끼를 입고 왔다고."

현희의 말에 수원인 더욱더 신이 나서 그들의 이야기에 열을 올렸다.

"오늘의 최고 인기상은 3학년 5반 장영실 양!"

사회를 맡아본 남학생이 영실의 이름을 부르자 아이들은 모두 기립 박수를 하며 좋아했다.

"이상으로 단체 놀이는 마치겠습니다. 지금부터 점심을 먹고 각 반별로 재미있게 놀다가 세시 정각에 이곳에 다시 집합하겠습니다. 모일 때는 의무적으로 비닐봉지에 하나 가득 쓰레기나 휴지를 주워 와야 합니다. 알겠죠?"

"예!"

아이들의 함성 소리가 우렁차게 온 산을 뒤흔들어 놓았다. 마치 젊은 혈기가 살아서 꿈틀거리며 산골짜기로 내려오는 것 같았다.

"우리 저쪽으로 가서 점심을 먹자."

"그래, 저 아래 편편한 곳이 좋겠어."

나래와 정숙이 앞장을 서고 그 뒤를 따라 몇몇 아이들이 시끄럽게 재잘거리며 내려올 때였다.

"얘들아, 저 할아버지 좀 보렴. 불쌍하지?"

나래가 가리키는 곳에는 머리카락이 하얗게 센 할아버지가 빈병을 주워 자루에 넣고 있었다.

"좋은 일을 하시는데. 무얼?"

정숙이가 말하자, 기원이가 대꾸했다.

"좋은 일인 줄 누가 모르니? 그렇지만 저 할아버지 용돈을 벌기 위해 폐품을 줍는 게 아니겠니?"

"그런 것 같다. 쯧쯧. 양로원에나 가시지 않고."

수원인 어른들 흉내를 내듯 혀를 차며 안타까워했다.

"양로원엔 누구나 갈 수 있는 줄 아니? 요즈음엔 돈이 없으면 양로원 신세도 질 수 없다던데?"

한솔의 말을 들으며 나래는 갑자기 우울해지는 기분이 무어라 형

용할 수가 없었다.

"아니, 저 할아버지는 긴고랑에 사시는 분인데?"

뒤에서 수다를 떨며 따라오던 은주가 갑자기 걸음을 멈추며 놀라는 기색을 보이자, 다른 아이들도 모두 제자리에 멈춰 섰다.

"할아버지, 안녕하세요? 그런데 왜 여기까지 오셨어요?"

은주는 할아버지가 알아보든 말든 상관없이 반가운 얼굴을 하며 물어보는 것이었다.

"응, 넌 누구냐?"

"네, 저도 긴고랑에 살거든요. 할아버지 그 동네에서 오셨지요?"

"응응, 그래? 넌 여길 뭣 하러 왔어?"

할아버지는 그저 긴고랑이라는 말에 건성으로 대답해 주는 것 같았다.

"우린 봄소풍을 왔지요. 할아버지는요?"

"나도 소풍을 나왔단다. 어서들 가거라!"

할아버지는 귀찮은 아이들이 모여들어 바쁜 일손을 놓고 있다는 듯 약간은 찡그린 얼굴을 하며 옆길로 발걸음을 옮겼다.

"너희 동네 이름이 긴고랑이야? 난 처음 듣는 이름인데?"

영실이보다 한 달 앞서서 전학해 온 그러니까 2학년 말에 시골에서 유학을 온 여옥이가 호기심 많은 표정으로 물었다.

"그래, 긴 고랑을 막아서 만든 동네라서 그런가 봐. 우리도 그 동네로 이사 간지는 일 년도 안 되었어."

"그 동네 이름 참 마음에 든다야. 서울에도 그런 소박한 이름이 붙은 동네가 있는 줄은 몰랐거든."

여옥인 은주 옆에 바짝 다가가서 계속하여 이야기를 주고받았다.

"주소는 강남구 무슨 동으로 되어 있단다. 그저 아는 사람들끼리 그렇게 부르는 거지."

"어쨌든 그 동네에 한번 가보고 싶다. 지금도 긴 고랑이 있긴 있니?"

"됐어. 그 동네엔 할 수 없이 이사해 온 사람들만 살고 있을 뿐이야. 나도 어렸을 때 시골에서 산 기억이 있는데 차라리 시골이 백 번 낫지. 우리 동네는 소위 달동네라고 부르는 곳이니까 신경을 뚝 끊으시라고."

은주와 여옥이가 한참 동안 이야기를 나누며 걷고 있을 때, 아이들이 뒤에서 불러 세웠다.

"너희들 어디까지 가는 거야? 자, 여기 나무 밑에서 점심을 먹자고."

"우리들이 정신없이 걸었구나. 다시 내려가자. 그런데 은주야, 내가 살던 고향의 이름은 동화실이었어. 그 옆 동네는 당산골이고. 또 얼마만큼 가면 개나리라는 마을도 있고 파랑리, 세터, 돼지터란 마을도 있다니께."

"하하하하, 돼지터도 있어? 그 마을엔 돼지가 많은가 보구나!"

약간은 심각해지려 했던 은주가 아직도 시골티를 벗지 못한 여옥의 사투리 섞인 말솜씨에 그만 하하하 웃어버렸다.

"어서 잡수세요. 우리 엄마 김밥 솜씨는 알아주거든요. 자요, 여기 나무젓가락!"

아이들이 돗자리를 깔아놓고 동그랗게 모여 앉은 곳에 아까 그 할아버지가 함께하고 있었다.

12. 미진의 가출

소풍을 다녀와서인지 나래는 무척 피곤해하며 거실로 나왔다.
"엄마, 아빠, 제가 만든 카네이션이어요. 생화를 사려다가 그만두고 어젯밤에 만들었어요."
나래는 예쁘게 만든 카네이션 두 송이를 들고 나와서 엄마 아빠의 가슴에 달아주며 말했다.
"전 이 세상 누구보다도 우리 엄마, 아빠를 존경해요."
"아주 멋진데! 이 녀석 솜씨가 대단해. 아마 엄마를 닮아서 그럴 거야."
아빠는 그저 껄껄껄 웃으며 나래의 등을 토닥거려 주었다.
"그런데 우리 나래가 '엄마, 아빠를 사랑해요'라고 말할 때가 한결 귀엽지 않아요? 부모를 앞에 두고 직접 존경한다고 하는 말은 좀 어색하지요?"

엄마는 카네이션을 만지작거리며 은근히 나래의 말을 꼬집었다.

"여기 작은 선물을 마련했어요."

나래는 4절지 크기의 네모난 액자를 포장지에 싼 채로 응접실 테이블 위에 올려놓았다.

"엄마, 아빠가 최근에 함께 찍은 사진을 넣었으면 해서요. 커다랗게 확대해서."

엄마는 포장지를 뜯으며 마음에 드는 듯 빙그레 웃고 있었다.

"저기 자수 액자를 걸었던 자리에."

"참, 그러고 보니 내가 작년과 올해 계속 지방 근무를 하다 보니 최근 너희 엄마와 다정하게 찍은 사진이 없을 것 같구나. 허허허, 이 녀석이 또 아빠에게 따끔한 침을 놓았네 그려."

"맞아요. 당신과 함께 등산을 한 지도 퍽 오래된 것 같아요."

엄마도 맞장구를 치며 아빠에게 윙크를 보냈다.

"생각난 김에 우리 오늘 저녁을 외식으로 하고 사진관에 가서 멋지게 가족사진을 찍자구나, 오월은 가정의 달이니까. 그래, 나래야, 너희 언니, 오늘 저녁에 약속이 없는지 물어보렴!"

"이따가 언니 나오면 아빠가 직접 물어보세요. 그리고 전 가족사진은 싫어요."

"응? 어째서?"

"우리 가족사진은 많지 않아요? 언니와 저의 초등학교 입학 기념사진이라던가. 어머나, 그러고 보니 내 백일 사진, 돌 사진도 있었네!"

나래는 갑자기 대단한 생각을 해낸 것처럼 자기 방으로 뛰어들어 갔다.

잠시 후, 나래가 흥분된 얼굴로 앨범을 들고 나왔을 때는 언니도 그 자리에 함께 있었다.

"엄마, 이 사진 분명히 제가 맞지요? 네? 엄마!"

나래는 자신의 백일 사진을 가리키며 엄마 아빠의 얼굴을 번갈아 바라보는 것이었다.

"얘가 또 별안간 왜 이래?"

엄마는 어이없다는 표정으로 일어나서 주방으로 들어갔다.

"어떻게 보면 다 자란 숙녀 같았다가 어떻게 보면 아직도 철부지 같기도 하고. 어디 보자."

나래 아빠는 기왕 꺼내온 앨범이니 한번 넘겨보자며 나래의 사진을 사랑스런 눈빛으로 천천히 들여다보는 것이었다.

"아빠, 제 사진 맞지요?"

나래가 재차 물어보자 아버지는 고개를 들어 언니와 나래의 얼굴을 힐끔 번갈아보고는 아무 대답도 안 했다.

"아빠, 저는 오늘 밤에도 약속이 있어서 좀 늦을 것 같아요."

언니는 자리에서 벌떡 일어서며 자기 방으로 들어가 버렸다.

그러자 아빠도 뒤따라 일어나서 안방으로 들어가는 게 아닌가.

응접실 테이블 위에는 무언지는 몰라도 언니가 마련한 것 같은 선물꾸러미가 덩그렇게 놓여있었다.

'웬일로 언니가 선물을 다 마련했네?'

나래는 오늘도 실패했다는 생각을 하며 조금 전의 흥분을 가라앉히고 나서 앨범을 들고 다시 작은방으로 돌아왔다.

"어서 서둘러라. 학교엔 안 갈 거야?"

엄마의 목소리에 깜짝 놀라며 나래는 책가방을 들고 밖으로 뛰어나왔다.

그런데 나래가 대문을 밀고 나오자마자 만난 사람은 바로 마정숙이었다.

"아니, 너 왜 여기 서 있는 거야?"

나래가 놀라며 묻자 정숙이는 아주 태연하게 대답하는 것이었다.

"이 옆집에 권영일 선생님이 살고 계신다 했니? 여기 빨간 벽돌집?"

정숙이의 손을 들어 2층집을 가리키자 나래는 정숙이 손을 틀어잡고 골목의 아래로 뛰어내려 왔다.

"너 그러다가 정말 선생님이라도 나오시면 어떻게 하려고?"

"그럼 반갑게 인사를 하면 되지 뭐. 선생님을 만나러 온 건데."

"이애 좀 봐. 우연히 만나거나 아니면 정식으로 초대를 받고 가는 건 괜찮겠지만 일부러 그 앞에까지 찾아온 건 뭐냐 말이야?"

"어머나, 이 높은 단수! 알았다. 알았어. 이 깍쟁이야! 그건 그렇고 너 미진이 가출했다는 소식 들었니?"

"뭐라고? 미진이 집을 나갔어?"

"그렇다나 봐. 그 아이 작년 이맘때도 일주일씩이나 집 나가서 결석을 했었지 않니?"

"세상에. 무엇 때문이었을까?"

나래는 금방이라도 정숙에게 자기의 비밀을 털어놓고 싶었지만 꾹 참았다.

"그게 말이야. 일이 묘한 게, 얼마 전에 소풍을 다녀와서 미진이와 혜정이 그리고 영애, 있잖니? 글쎄 그 애들이 영실이를 붙들어놓고 자기들 모임에 끼라고 해서 못 한다니까 마구 엎어놓고 때렸다지 뭐냐?"

"넌 그런 소식 어디서 들었어?"

나래의 눈이 휘둥그레지자, 정숙이는 그럴 줄 알았다는 듯이 말을 이어나갔다.

"내겐 믿을 수 있는 통신망이 있잖아, 진희 말이다. 줏대가 없어서 그 아이들에게 휘말리긴 해도 다시 원점으로 돌아오는 애니까 그 아인 불행 중 다행인지."

"그래서 미진인 어떻게 됐어?"

"그 아이들이 학생부로 불려 갔었나 봐. 우린 그것도 몰랐었지만."

"넌 언제 그 사실을 알았어?"

"어제 집에 가는 길에 진희한테 들었어. 참 너 어제 의리 없이 혼자서 집에 갔었지? 내가 청소 당번인 줄 알면서."

"응. 어버이날 선물 좀 사려고."

"야, 너만 부모가 계시니? 난 안 계시고? 아참, 그런데 알고 보니 미진이 정말 안됐더구나. 글쎄 어머니도 안 계시고 아버진 병으로 누워 계신다던가? 어쨌든 소녀 가장이였다지 뭐니?"

"어머나, 그랬었어?"

정숙의 말에 나래는 그만 가슴이 덜컹 내려앉는 것 같은 느낌에 자기도 모르게 정숙의 팔을 꼭 붙들어 잡았다.

"아파! 얘, 또 흥분한다! 네 얼굴색이 창백해졌어."

"괜찮아, 좀 어지러울 뿐인걸. 그래 미진이 누구와 가출했다니?"

"그러니까 짧게 요약하자면, 우리 소풍갔었던 날 미진과 혜정이 그리고 영애랑. 반짝이 조끼를 입은 아이들, 미꾸라지 같은 진희는 용케도 잘 빠졌지만."

"그게 요약한 거니?"

"응, 그래서 그 날 말이다. 애꿎은 영실이 춤을 너무 잘 추어서 그게 탈이 됐지만. 결국 그 애들에게 폭행을 당했다지 뭐니?"

"폭행?"

"자세히 말하자면, 음 그러니까, 저희가 받아야 할 박수를 영실이 가로챘다고나 할까? 이유는 그 정도로 해두고. 하여간 그네들이 영실이 몸에 멍이 들 정도로 발로 차고 때리고 심지어는 나뭇가지를 꺾어서."

"알았어. 그만 해! 나쁜 계집애들 같으니."

나래는 더 이상 정숙의 말을 듣고 싶지 않다며 몇 걸음 앞서서 빨리 걸었다.

"난 사실대로 알려준 것뿐이다. 왜 나한테 역정이니? 네 앞에선 아름다운 이야기만 꺼내야 하니? 그래 내가 잘못했다고 해두자!"

정숙은 약간 무안한 표정을 지으면서 성큼성큼 뒤를 따라왔다.

"얘들아, 같이 가자!"

뒤를 돌아보니 은주였다.

"너희들 그 손에 든 폐품 좀 나누어서 나에게 조금씩만 줄 수 있니?"

"뭐라고?"

정숙이 눈을 크게 뜨고 은주를 쏘아 보자, 은주는 실실거리며 사정을 이야기했다.

"실은 우리 집에선 신문 같은 것 안 본단 말이다. 안 보는 게 아니고 못 보는 거지. 어디 신문 값이 일이백 원이라야 말이지. 그런 돈 있으면 우리들 도시락 반찬 한 가지라도 더 사겠다는 우리 어머님의 말씀!"

은주는 계속 우스갯소리로 떠들었지만 나래의 마음은 더 무거워졌다.

"자, 이거 오늘 네가 가지고 가서 내. 난 내일 또 가져오면 되니까."

"야, 나래야, 여기까지 힘들게 가지고 왔는데 그러니?"

옆에서 정숙이 말렸다.

"우리 집엔 폐품이 많아. 엄마가 보시던 월간 잡지만 몇 권 가져와도 되고. 내일까지 이달의 폐품 수집일이니까, 됐어."

나래가 헌 신문지가 가득 들어있는 비닐 봉투를 건네주자, 은주는 좀 미안한 표정으로 받아들었다.

"얘, 그런데 너도 긴고랑 마을에 산다고 안 했니?"

정숙이가 열없어서 어찌할 바를 모르는 은주에게 다짜고짜로 물었다.

"맞아, 그런데 왜?"

"그렇다면 너 미진이네 집도 알게 아니니? 또 그 애랑 친할 수도 있고."

"응, 같은 방향인 줄은 알지만 한 번도 난 그네들 집에 가본 적이 없어. 별로 친한 사이도 아니고. 나도 바쁘거든!"

은주는 나래가 준 비닐 종이가 힘에 겨운 듯 어깨를 축 늘어뜨리며 앞장을 섰다.

"같이 들자."

나래가 은주의 옆으로 다가가서 함께 들었다.

"넌 무얼 하는데 바빠?"

나래가 작은 소리로 물었다.

"실은 난 학교 끝나고 집에 가서 공부할 시간이 없어. 곧바로 엄마 계시는 곳으로 가서 일을 도와주어야 하거든!"

"무슨 일인데?"

"우리 엄마는 재래시장에서 칼국수 장사를 하고 계셔. 거기 가서 밀가루 반죽도 도와주고 만두도 빚어야 하고."

"그러니? 넌 참 부지런하구나!"

나래가 조금 놀란 눈으로 은주를 바라보고 있을 때, 은주는 얼굴이 빨개져 있었다. 자세히 보니 교복 치마에는 희끗희끗한 밀가루 반죽이 얼룩져 있었다.

"야, 너희들 나를 빼놓고 무슨 이야기가 그렇게도 정답니?"

잠자코 따라오던 정숙이 소리를 버럭 지르며 나래의 옆으로 다가왔다.

"은주야, 넌 미진이 그 아이들이 어디로 잠적했는지 행방을 모른단 말이지?"

"그렇대도."

정숙은 지금껏 미진에 대한 추리를 하느라 뒤쳐져 있었던 것처럼 고개를 갸우뚱거리며 이해가 안 간다는 표정을 지었다.

"그 아이들 고칠 수 없는 불치의 병은 아닐까? 꼭 작년 이맘때도 가출을 했었어. 그러니까 봄소풍 후유증이랄까? 선천적 습관성 가출 증세가 아니겠느냐고?"

정숙은 저 혼자서 어려운 수수께끼를 풀어야 할 것처럼 중얼거리며 따라왔다.

그때 은주가 나래를 보면서 말했다.

"미진이 3학년에 와서 많이 얌전해졌었는데. 이번 장기 자랑에 영실이 보다는 미진일 우리 반 대표로 내보낼 걸 그랬어."

"그건 왜?"

"그 아이들 그동안 쌓이고 쌓인 스트레스를 풀어야 할 게 아니겠니? 그런 때가 아니면 언제 풀겠어. 우리들이 미진일 이해해 주어야 해!"

은주가 이처럼 깊은 생각을 하고 있는 줄 나래는 전혀 몰랐었다.

물론 평소에 착실하고 조용하면서 말없이 책임을 다하는 성실한 아이로만 알았던 은주다. 약간은 소극적이기에 별로 다른 아이들이나 선생님의 입에 오르내리지 않는 평범한 아이였는데 지금 보니 무척 어른스럽고 믿음직스럽게까지 여겨졌다.

"넌 미진이 네 짝이어서 안 좋았지?"

나래의 마음을 짐작하고도 남는다는 듯 은주가 물었다.

"아니야, 안 좋긴. 누가 되던 같이 앉아야지. 그런데 좀 더 친절하게 대해 주지 못한 걸 미안하게 생각하고 있어."

"오래 걸리진 않을 거야. 다시 돌아오면 잘 대해 주렴."

어느덧 교문 앞에 다다랐다. 오늘 따라 게시판의 글씨가 눈에 확 들어왔다.

'무기정학, 3-1 김혜정, 3-2 고영애, 3-5 장미진, 교칙 제○○호에 의거 위와 같이 처벌함.'

앞에서 게시판을 보고 가는 아이들이 제각기 한마디씩하며 교실로 들어갔다.

나래와 은주, 정숙이는 서로의 얼굴을 쳐다본 뒤 아무 말도 하지 않았다.

예상대로 교실 안 분위기도 착 가라앉아 있었다. 나래는 옆자리를 바라보며 한숨을 길게 내쉬었다.

"진희는 근신이래, 1반의 민지와."

묻지도 않은 말을 현희가 달려와서 나래에게 알려주었다.

"그 아이들은 종일 상담실에 가서 상담을 하고 학생부에 가서 반성문을 쓴단다. 아마도 일주일은 교실을 비우나 봐."

나래가 고개만 끄덕이자 수다를 떨어볼까 했던 현희는 나래의 눈치를 살피며 제자리로 갔다.

"여러분들, 어떠한 일이 있어도 내일까지는 모두 머리를 짧게 자르고 와야 합니다. 귀밑 1cm 이상 내려온 사람들은 선생님이 직접 머리를 자르겠습니다. 잊지 말기 바랍니다."

다른 때보다 조금 늦게 들어온 담임 선생님의 얼굴이 몹시도 굳어 있었기에 아이들은 묻고 싶은 말이 있어도 꾹 참아야만 했다.

"얘, 진희야. 너 괜찮니?"

"응. 걱정 마!"

학생부에 불려갔던 진희가 교실에 와서 아예 책가방과 도시락 등 소지품을 모두 챙겨가지고 밖으로 나가는 걸 보고 아이들이 걱정을 해주었다.

"미진이 점심시간마다 밖으로 나돌았던 걸 이제야 알겠어."

"글쎄 말이다. 동생이 둘이나 된다지 뭐니? 둘 다 초등학생인데 6학년인 남동생은 공부를 아주 잘한대!"

정숙은 또 어디서 들은 정보인지 점심을 같이 먹으면서 나래에게 새 소식을 전하였다.

13. 긴고랑 사람들

"우리 긴고랑이라는 동네 한 번 가볼까? 어떻게들 살고 있는지."
별안간 정숙이가 긴고랑에 가자는 제안을 했다. 하지만 나래는 첫째 시간부터 줄곧 그 생각을 해왔었다. 미진이가 집에 있든 없던 간에 미진이네 사는 모습을 자기 눈으로 꼭 확인하고 싶었던 것이다.
"그래. 오늘 당장 가보자!"
"이따 은주에게 살짝 말해서 그쪽 방향으로 안내하라면 될 거야."
"얘, 너 그 양갈래 머리는 어떻게 하고. 선생님이 내일까지 다들 자르고 오라 하셨잖아."
"하루쯤이야 어떻겠니? 모레가 일요일인데 그때 미장원에서 깎지 뭐!"

"야, 강나래! 너 언제부터 그렇게 배짱이 두둑해졌니?"

정숙이 큰 소리로 웃으며 말하자 나래가 옆구리를 쿡 찌르며 말했다.

"아무한테도 이야기하지 마! 우리가 긴고랑에 간다는 말을."

"알았어."

"저기 진희가 온다. 함께 가자!"

종례 시간에 맞추어 진희가 교실에 들어오자 은주가 진희에게로 달려가 무언가 귀엣말을 해댔다.

"떠버리 진희가 조용히 있을까? 공연히 우리가 이 일에 말려드는지 모르겠다!"

정숙인 진희 쪽을 바라보며 무언가 불안한 생각이 앞선다고 말했다.

"그렇지만 진희가 최근에 미진이랑 어울려 지냈으니까 미진네 집을 알게 아니겠니? 우린 잠자코 은주를 따라가면 돼!"

오늘따라 선생님의 종례 시간 훈계는 상상외로 짧았다.

다만 내일 모두 머리를 짧게 하고 실내화 착용이랑 복장을 단정히 하라는 말 외에는 덧붙이지 않았다. 어쩌면 할 말이 너무 많기 때문에 오히려 생략하는 지도 모를 일이었다.

"여기서부터는 네가 앞장서!"

재래시장 골목을 따라 40분은 훨씬 넘게 걸었을까? 앞서가던 은주가 진희를 앞으로 밀어내며 말했다.

"이곳이 긴고랑이니? 어머나, 서울에도 이러한 동네가 있었구나. 더욱이 우리 학교 주변에."

정숙인 또 믿기지 않는다는 듯 다닥다닥 달라붙은 판자 지붕을 둘러보며 혀를 내둘렀다.

"저기 저 집은 금방 쓰러질 것만 같구나. 비닐 종이로 지붕을 덮어씌운 집 말이다."

"그래. 저 집이 바로 미진네 집이야."

정숙이가 손으로 가리킨 집은 민속촌에 가서도 찾아볼 수 없는 작고 초라한 움막 같은 집이었다.

"세상에. 난 이런 곳에 와 보긴 처음이야. 시골에 있는 우리 외갓집 동네에도 이렇게 생긴 집들은 없었으니까."

정숙이 나래에게 작은 소리로 말했으나 나래는 입을 꼭 다문 채 아무 대답도 하지 않았다.

"네가 불러 봐!"

"미진이 집에 없는 거 잘 알면서 어떻게 부르라는 거니?"

은주와 진희가 서로 등을 떠밀며 집안으로 들어가길 망설이고 있을 때였다.

"얘들아, 너희들이 웬일이니?"

많이 듣던 목소리였다.

깜짝 놀라 뒤를 돌아본 아이들은 더욱더 놀라지 않을 수가 없었다.

"선생님!"

"그래, 너희들이 한 발 앞섰구나. 미진이, 집에 없지?"

침통한 얼굴로 물어오는 담임 선생님에게로 아이들은 한 발 두 발 약속이라도 한 듯이 가까이 다가갔다.

"선생님, 여기까지 오실 줄은 몰랐어요."

은주는 누구보다도 감격에 찬 목소리로 그러면서도 약간은 부끄러운 눈빛으로 선생님의 얼굴을 올려다보며 말했다.

"그래. 은주와 진희가 이 동네에 산다고 했지?"

"네."

진희는 아까부터 머리를 숙이고 크게 죄지은 사람처럼 대답도 제대로 하지 못했다.

"은주와 진희 집은 어느 쪽에 있지?"

선생님이 다시 물어보자 은주가 오던 길 쪽을 가리키며 대답했다.

"저쪽 길 건너편이어요. 쓰레기장 옆길로 가서."

선생님은 고개를 두어 번 끄덕이고는 은주와 진희의 손을 꼬옥 붙잡아 주었다.

"미진이네 집엔 아무도 없니?"

"아직 안 들어가 봤어요."

"그렇다면 우리 함께 들어가 보자구나."

선생님은 대문 대신 벽돌 몇 개를 고여 올려놓은 널빤지를 조심스럽게 옆으로 비껴 놓으며 아이들에게 눈짓을 했다.

"장미진! 미진이 있니?"

은주가 비뚤어진 방문을 향하여 크게 소리치자 방안에서 기침 소리가 몇 번 들려나왔다. 조금 후에 방문이 밖으로 확 젖혀지며 무섭게 생긴 아니 수염이 덥수룩하게 얼굴 전체를 덮은 미진의 아버지가 얼굴을 내미는 것이었다.

"미진이 담임입니다. 몸이 많이 불편하신가 보군요."

미진이 아버진 안으로 들어오라는 말도 하지 않고 담임 선생님을 이상한 눈으로 바라보았다.

　사실 들어오라고 권했다 하더라도 방안을 넘겨다 본 사람이면 아무도 들어가고 싶은 마음이 내키지 않았을 것이 분명했다. 아침에 먹은 밥상이며 빨랫감들이 한데 어울려 있는 방바닥은 새까맣게 때가 찌든 이부자리가 그대로 펼쳐져 있었으니까 말이다.

　"미진이 학교에 나오지 않고 있어서 찾아왔습니다."

　선생님의 말에 미진이 아버지는 고개를 천천히 옆으로 흔들며 도리질을 할 뿐 무어라고 대답을 하지 않았다.

　"잘 알겠습니다. 저희도 미진이를 찾는데 최선을 다하겠습니다. 그럼 다음에 뵙겠습니다."

　선생님은 더 이상의 대화가 통하지 않을 것이라는 판단을 내린 것인지 미련 없이 인사를 하였다.

　"그런데 선생님은 이곳까지 어떻게 오셨어요?"

　아까부터 그것이 가장 궁금했다는 듯 정숙이가 숨가쁘게 물어보았다.

　"응. 1반의 민지와 함께 왔지. 저쪽 길 건너편에서 헤어졌지만. 내가 학생부에 잠깐 들려나올 때 민지를 만났어."

　"네, 그랬군요."

　정숙은 그제야 한 단계 수수께끼가 풀린 듯 긴 숨을 내쉬며 '하하하' 웃었다.

　"여까지 왔으니 은주와 진희네 집도 들려갈까?"

　선생님은 진심인지 아니면 입으로만 하는 말인지 몰라도 두 아이를 보고 가볍게 물었다.

"아니요. 저희 집엔 가봤자 엄마도 안 계셔요. 장사하러 나가셨거든요. 어? 큰일났네!"

은주는 갑자기 선생님의 옆구리에다가 인사를 하는 둥 마는 둥 하며 저만치 달아나 아이들에게는 손을 흔들어 잘 가라는 인사를 보내는 것이었다.

"진희는 늦게 들어가도 괜찮니?"

선생님은 또 멀어진 은주에 대해서는 한마디도 안 하면서 옆에서 기운 없이 걷고 있는 진희에게로 시선을 돌렸다.

"네, 괜찮아요."

"저녁은 누가 지어놓고 기다리니?"

"언니가요."

"엄마는 공장에 다니신다고 하셨던가? 몇 시쯤 집에 들어오시지? 언닌 아무데도 안 나가고?"

선생님의 질문에 진희는 조금 난처한 듯이 나래와 정숙의 눈치를 살피며 선뜻 대답을 하지 못했다.

"괜찮아. 우리들 사이에 무슨 비밀이 있겠니? 선생님께서 물어보시잖아."

긴고랑에 들어서면서부터 이제껏 한마디도 안 하고 무표정으로 있던 나래가 드디어 입을 열었다.

"네, 저희 엄마는 밤 열시가 넘어서 들어오세요. 언닌 재수생이라서 집에서 공부하다가 낮에 잠깐 학원에 다녀오고요."

나래의 말에 용기를 얻었는지 진희는 처음에 비해서 제법 명랑한 목소리로 또박또박 말을 했다.

"그래, 진희는 엄마와 언니에게 귀염 받는 아이로구나. 아버진 안 계신다 했던가?"

"아버진 외국에 가 계세요. 해외 취업으로."

"오, 그랬었구나. 훌륭한 아버지도 계시고. 진희야 넌 공부만 열심히 하면 되겠구나. 그렇지? 넌 행복한 아이야."

"우리 집은 가난한 걸요. 나래와 정숙이네처럼 우리 집도 부자였으면 좋겠어요. 선생님!"

진희의 말에 선생님은 대답 대신 나래와 정숙일 바라다보았다.

남의 말을 금방 잘도 이어받는 정숙이도 이런 때는 어떤 말을 해야 될지 몰라서 선생님의 얼굴만 빤히 쳐다보았다.

"아니야, 부자라고 다 행복한건 아니란다. 난 진희 너보다 더 불행한 아이인지도 몰라."

나래가 진희의 옆으로 다가와 진희의 손을 꼭 잡으며 말하자 선생님과 정숙이 그리고 진희도 모두 눈이 휘둥그레졌다.

"나래야, 갑자기 무슨 소리니?"

선생님은 어이없다는 표정을 지으며 빙그레 웃기까지 하였다.

"선생님, 강나래가 좀 엉뚱한 데가 있는 아이어요. 하하하하. 너 잘 걸려들었다. 항상 내 정신만 헛갈리게 하더니. 보셨죠? 선생님, 쟤가 이따금씩 헛소리를 한다니까요."

정숙은 무슨 추리 소설 속의 형사처럼 단서라도 잡은 듯 한바탕 수다를 떨었다.

"하기야, 너희들만 할 때가 좋은 거다. 이렇게 저렇게 공상도 하고."

선생님은 나래의 말을 공상으로 돌려버리고는 앞만 보고 걸었다.

13. 긴고랑 사람들

"선생님, 진희 별명이 무엇인지 아세요?"

정숙은 기회는 이때다 생각했는지 아니면 분위기를 돌리려 그러는지 진희를 놀려주기 시작하였다.

"응, 알고 있지. 나비 소녀라며? 맞니?"

"네, 맞아요. 그때나 지금이나 진희는 남학생을 너무 밝혀요. 이번에도 내 말만 잘 듣고 그놈의 반짝이 조끼만 안 입고 왔어도."

정숙이 신나서 말하는 도중에 진희는 골목으로 빠져나가 자기 집을 향해 재빨리 달아나버렸다.

14. 선생님의 가위질

토요일 아침 자습 시간이었다.

선생님이 들어오실 시간이 되면 항상 그러했듯이 아이들은 각자 자율 학습에 열중하는 양, 서로 '쉬쉬!' 하며 제법 차분한 분위기를 연출해 냈다.

"드르륵!"

교실 앞 출입문이 힘차게 열리며 들어온 선생님은 담임인 최경진 선생님이 아니라 뜻밖에도 학생부의 장풍 선생님, 일명 '일용이 엄마'였던 것이다.

아이들은 모두 눈을 동그랗게 뜨고 장풍 선생님의 일거일동을 주시하였다.

"아마도 여러분들 담임 선생님께서 예고를 하셨을 것으로 믿습니다. 오늘 아침엔 여러분들의 용모·복장 검사가 있겠습니다. 특히 두발에 역점을 두겠으니 바른 자세로 앉아 고개를 똑바로 하세요!"

마치 교실을 수색하러 온 여형사처럼 이기자 선생님은 눈꼬리를 가늘게 뜨고 아이들을 빙- 둘러보더니 드디어 한 사람 한 사람의 머리를 살펴보는 것이 아닌가.

"너 일어서! 귀 밑 1cm가 정상이야. 너도 일어서!"

아이들은 제각기 자기 머리를 최대한으로 돌돌 말아 어깨에 닿지 않도록 하고 기린처럼 목을 길게 뺐다.

"강나래! 너도 일어서! 양 갈래로 땋고 다니면 단정하게는 보이지만 우리 학교 교칙에는 위배되니까. 그리고 비상사태이니 만큼 봐주는 거 없어!"

장풍 선생님은 들고 있던 회초리로 나래의 책상을 '찰싹!' 내리치며 무섭게 호령을 했다.

"선생님. 우리 반만 검사하는 건가요?"

다들 무서워서 찍소리도 못 내고 있는 판에 수원이 대들 듯 묻는 것이었다.

"그럴 리가 없지. 다른 반도 학생부의 모든 선생님들이 동원되어서 조사 중이니까, 조금 후에 너희 담임 선생님께서 들어오시면 지금 서 있는 학생들의 머리를 자르실 테고. 또 다른 반도 그 반 담임 선생님들께서 그렇게 하시기로 이미 약속이 되어 있는 걸로 알고 있다."

"선생님, 전 며칠 전에 잘랐는데요!"

아까부터 입을 '쭈욱!' 빼밀고 있던 호숙이 간신히 입을 열었다.

"변명은 필요 없다. 좋아, 모두 열일곱 명이군! 저기 장영실 양! 넌 그 긴 머리로 남학생들의 관심을 끌어볼 작정이었나?"

"네?"

그렇지 않아도 아까부터 자신의 입장을 밝혀야 될지 어찌해야 될지 몰라 가슴 태우며 서 있던 영실은 금방 얼굴색이 샛노랗게 변했다.

"아니, 그냥 해본 소리고. 어쨌든 경고하는데 내 말의 뜻은 너처럼 머리를 길게 나풀거리고 다니는 아이들이 있음으로 해서 풍기문란의 요인 즉, 교내의 질서가 흐트러진다는 뜻이다. 알겠지!"

장풍 선생님, 그러니까 수학 선생님은 수학 공식에 꼭 들어맞는 정답만을 요구하는 것 같았다.

이윽고 담임 선생님의 등장은 아이들을 도살장으로 몰아넣는 것 같은 싸늘한 분위기였다.

선생님은 진짜로 오른손엔 가위를 들고 왼손엔 비닐봉지를 들고 얼굴 어느 구석을 살펴봐도 인정이나 미소라고는 손톱만큼도 찾아볼 수 없는 말 그대로 목석처럼 단단히 굳은 표정으로 나타났기 때문이다.

아이들은 숨도 크게 쉬지 못하고 선생님만 빤히 바라보고 있었다.

특히 장풍 선생님에게 일으켜 세워진 아이들은 겁을 먹고 어찌할 바를 몰라 선생님의 눈치만 살폈다. 그러면서도 속으로는 '설마 담임 선생님이 우리들의 머리를 자르기까지야 하며 스스로 마음을 진정시키려는 노력이 역력히 나타났다.

"나도 너희들의 머리를 내 손으로 자르고 싶지는 않다. 그렇지만 여학생반 전체가 하는 일이니 어쩔 수 없구나. 어제 선생님이 이야길 듣고 미장원에 다녀온 사람 손들어 봐요?"

아이들 중에서 십여 명이 조용히 손을 들었다. 다른 아이들은 원래부터 컷을 높이 한 머리들이라서 신경을 쓰지 않았어도 무사할 수 있었다.

"자, 미안하다. 마정숙. 앞으로 나와 이 비닐봉지를 들고 날 따라다니며 잘라진 머리카락을 여기에 담는다, 알겠지?"

선생님은 학급에서 가장 머리가 짧은 정숙이를 불러내어 비닐봉지를 돌려주고는 맨 먼저 나래의 옆으로 다가갔다.

"네 짝인 미진이 가출을 했어. 이건 우리 반 모두의 책임이야. 물론 담임 선생님인 내가 제일 먼저 책임을 져야겠지만. 눈을 꼭 감아라."

나래는 살며시 눈을 감았다. 어제 미진이 집에서 만나뵈었던 담임 선생님의 그 포근하고 인자하던 모습이 지금 나래의 마음을 편안하게 해주는 지도 모를 일이었다.

'싹뚝, 싹뚝!'

총총 땋아 내린 나래의 머리카락 한쪽 부분이 '뚝!' 잘라져 나갔다.

"어머나! 선생님, 그건 너무하세요!"

아이들이 다 같이 소리를 치며 선생님에게 항의를 했다. 아니 발악을 하며 대들었,

선생님은 아무런 대답도 하지 않은 채 나래의 나머지 한쪽 머리카락마저 잘라냈다.

아이들은 '설마'했던 생각이 맞아 들어가지 않자 발을 동동 구르며 구원을 요청했다.

"선생님, 사랑해요! 제발 내일 하루만 더 기회를 주세요. 꼭 자르고

올게요. 정말이어요. 선생님, 정숙이보다 더 짧게 자를 거예요."

현희는 눈물까지 '뚝뚝' 흘리며 사정을 하였다.

"정작 머리를 잘린 나래는 울지 않는데 왜 네가 울기부터 하는 거야? 다음은 현희 차례다."

선생님은 몸부림치는 현희의 머리를 한 줌 잡아쥐고 '싹둑' 여지없이 잘라버렸다.

"너희가 가만히 있지 않으면 더 보기 싫게 잘라진다니까."

현희는 머리를 잘리다 말고 저만큼 교실 뒤편으로 도망을 쳤다. 그리고는 교실 벽에 걸려있는 거울에 자기 모습을 비추어 보고는 눈물이 방울방울 맺힌 채로 히죽히죽 웃었다.

오른쪽 귀밑머리는 원래대로 어깨에 닿을까 말까 하는데 왼쪽 귀밑머리는 귀와 나란하게 높이 잘린 최신형 헤어스타일 패션모델을 연상케 했기 때문이다.

현희 다음으로 지선이도 경아도 대부분이 한 쪽만 잘린 채 뒤쪽으로 빠져나왔다.

처음에는 눈이 동그레져서 선생님을 야속하게 바라보던 아이들이 서서히 하나둘씩 웃기 시작하더니 나중에는 서로서로 '삐뚤삐뚤' 잘린 머리 모양을 가리키며 '하하하하!' 큰소리로 웃어대는 것이었다.

"선생님, 예은의 머리는 귀 높이보다 더 잘려졌어요. 미용사 최경진 선생님의 예술 작품 1호!"

조금 전까지만 해도 속상해 죽겠다면서 손거울을 꺼내어 잘린 머리를 수없이 비추어보던 호숙이 어느새 명랑한 목소리로 농담을 하려 들자 아이들은 마음 놓고 더욱더 크게 떠들어댔다.

"자, 조용히들 하세요. 여러분들처럼 피어난 꽃같이 청순하고 예쁜 소녀 때는 오히려 멋을 부리면 점수가 더 깎이는 법이야. 젊음. 그 자체가 바로 아름다움이며 멋이라고 할 수 있거든! 어쨌든 본의 아니게 여러분들이 정성껏 눈치껏 기른 머리를 망가뜨려서 대단히 미안할 뿐이야. 강나래, 넌 집에 가기 전에 교무실에 들려서 열여섯 명의 머리 컷 비용을 타가도록 한다. 어디까지나 이건 내가 대체를 해줄 뿐이지 사과하는 뜻은 절대 아니니까 오해 없도록! 모두 귀가 전에 가까운 미장원에 들러 깔끔하게 다듬고 집에 가기 바란다."

선생님은 자신이 봐도 아이들의 머리 모양이 너무나 우스워 보여서인지 계속 눈웃음을 치면서 요구하지도 않은 미용비까지 내주겠다고 자청하였다.

"넌 머리가 긴 것보다 짧아지니까 훨씬 얼굴이 살아 보인다. 얘."

머리를 잘리지 않은 아이들은 잘린 아이들을 달래고 위로하느라 애썼다.

"영실인 백이 든든하구나! 오늘 같은 날도 머리를 안 잘리니. 내 머리의 열 배는 더 긴데."

"미안해! 예술학교 시험 볼 때까지만 봐주기로 전에 선생님께서 약속을 하셨거든!"

"그렇다면 나도 예술고에 간다 할 것을."

"맞아. 나도 그럴 걸 그랬나?"

선생님이 교실을 나가자마자 화살이 모두 영실에게로 던져졌다.

"미장원에 가기도 전에 남학생들을 만나면 어떻게 하니?"

"창피를 무릅쓰고 가는 거지 뭐. 이젠 엎질러진 물인데 뭘. 난 차라리 날씨도 더워지니까 숏컷을 해버릴까 봐."

아이들은 다시 거울 앞에 몰려서서 울상이 되었다가 금방 웃어버렸다가 한숨을 내쉬는 등 여러 가지 표정을 지으며 투덜거렸다.

그렇지만 누구 하나 담임 선생님을 원망하는 사람은 없었다.

다만 영실이를 부러워했을 뿐 다들 머리를 짧게하는 쪽으로 긍정적인 자세를 취했다.

"얘들아, 우리 상의할 게 있어. 잠깐만 내 말을 들어줘!"

나래는 선생님한테서 받아온 미용비를 머리 잘린 아이들에게 나누어 준 다음 교탁 앞에 서서 주의를 환기를 시켰다.

"우리 반 미진이가 정학을 당한 건 꼭 그 아이 잘못만은 아닌 것 같아. 미진의 처지가 다시 말하면 환경이 좋지 못해서 성격도 나빠지고 또 그로 인해서…."

나래는 천천히 그러면서도 또박또박 말을 이어갔다.

"영실인 어떻게 생각하니?"

나래가 영실을 바라보며 묻자 영실은 멋쩍은 듯 일어서며 평소처럼 조용히 대답했다.

"나도 미진과 그 친구들을 미워하고 싶진 않아. 물론 봄소풍 때는 몸서리 칠 정도로 밉고 싫었지만, 난 그 아이들을 위해서 하느님께 기도를 하고 있단다. 난 벌써 용서했어."

영실의 말에 아이들은 박수를 보냈다.

"그렇다면 오늘부터라도 우리 모두가 미진을 찾는 일에 힘을 써보기로 하자. 학교도 학교지만 우선 병든 아버지와 동생들이 가엾어."

나래의 두 눈에 뿌연 안개가 끼었다. 갑자기 목이 메어 더 이상 말할 수가 없었다. 나래가 제자리로 돌아와 힘없이 앉아버리자 예은이 앞으로 나왔다. 아이들은 나래의 표정을 보면서 모두가 침울해지더니 금세 예은의 머리 모양을 보고 깔깔깔 웃어댔다.

"나도 나래의 생각에 대찬성이야. 그렇지만 미진일 찾기 전에 우리들이 미진이네를 도와주면 어떨까?"

"좋은 생각이다. 찬성이오!"

화연이 소리를 치자 반 아이들 모두가 손뼉을 쳤다.

"그럼 구체적인 방법을 의논해 보기로 합시다."

아이들은 서로서로 좋은 의견을 발표하고 손을 번쩍 드는 등 진지하게 회의를 했다.

"그럼 내일부터 성금이나 성미를 걷기로 하고 더 늦기 전에 미장원으로 갈 사람은 빨리빨리 가세요. 아마 다른 반 아이들이 모두 하고 했을 테니 걱정일랑 묶어두시고."

예은이 자기의 짧아진 머리를 만지작거리며 말하자 아이들은 일제히 웃음보를 터뜨렸다.

15. 숨겨진 진실

　나래가 현관문을 밀고 들어오자 엄마는 깜짝 놀라며 뒷걸음질을 쳤다.
　"아니, 너 웬일이니? 도대체 왜 그랬어?"
　"뭐가요? 아, 제 머리를 짧게 자른 것 때문에요? 그냥 잘랐어요. 여름이 다가오니까 시원하라고."
　"아무래도 요즈음 너 때문에 신경이 쓰여 못살겠다. 우리 속 시원히 이야기를 나누자, 너 요즘 무슨 고민이 생긴 거야?"
　엄마는 이해를 못하겠다는 듯 머리를 좌우로 흔들며 나래를 잡아끌었다.
　"아니에요. 엄마, 고민은 무슨 고민이에요? 우리 반 아이들 모두가 오늘 학교에서 내려진 초비상 단발령 때문에 다들 짧게 자른 것뿐인걸요."

"이 엄마한테 상의 한마디 없이 말이냐?"

"언젠 엄마와 상의하고 제 머리를 길렀나요?"

"쟤 좀 봐! 너 2년이 넘게 기른 머리야. 어떻게 하루사이에 그렇게도 짧아지니?"

"학교 규칙대로예요, 엄마도 잘 아시면서."

"오, 그러니까 담임 선생님이 자르라고 해서 쉽게 잘랐단 말이지?"

"네, 맞아요!"

나래는 자기 방문을 활짝 열고 들어갔다. 그리고는 침대에 벌렁 누워서 이 생각 저 생각을 했다.

'엄마가 나보다도 더 속상해 하시네. 그렇다면 진짜 우리 엄마가 맞단 말인가?'

나래의 일기장이 다시 펼쳐졌다.

오늘 머리를 잘린 이야기와 미진이 돕기 운동 그리고 어머니에 대한 이야기를 간단하게 적은 뒤 금방 덮어버렸다.

"따르릉! 따르릉!"

전화벨 소리가 요란스럽게 울리자 엄마가 전화를 받았다. 그런데 나래의 방 안까지 엄마의 목소리가 쩌렁쩌렁 울리며 들려왔다.

"그렇다고 해도 어떻게 머리까지 '뚝!' 자를 생각을 했었어? 참 너도 그 때 성격이 그대로 남아 있구나. 알았어, 응. 괜찮아, 그래 끊자!"

분명히 담임 선생님한테서 온 전화였다. 그렇지만 나래는 그대로 누워 있었다.

'맞아, 선생님과 상담을 해보는 것도 좋은 방법일 거야. 서로가 둘도 없는 친구라고 했으니까 비밀도 없을 테고.'

"나래야, 나와서 저녁 먹자!"

"언니 오면 같이 먹을래요."

"얘가 점점? 너 어제부터 언닐 기다려 저녁 먹었니? 어서 나오지 못하겠니?"

여간해서 화를 내지 않는 엄마가 큰소리를 내자 나래는 자리에서 벌떡 일어나 문을 열고 나갔다.

"식탁으로 와서 저녁 먹어. 나와 같이 먹자구나."

"아빠도 안 기다리시고요?"

"너와 이야기하면서 천천히 먹고 싶어서."

엄마는 금방 마음을 가라앉히고 평소처럼 다정하게 말했다.

"너희 담임 선생님 무섭지? 그렇지만 마음만은 비단결이란다."

"알아요. 어젠 우리 반 미진네 집에까지 찾아오셨던데요? 내가 그곳에 정숙이랑 갔었다가 우연히 만났어요."

"미진이?"

"제 짝 말이에요. 가출을 했거든요."

"왜?"

"그야, 집이 싫어서 그랬겠지요."

나래는 엄마의 얼굴빛을 살피며 의미 있게 말했다.

"집이 싫다니? 그 아이 집에 무슨 일이 생겼어?"

"아니요. 그런 것 같지는 않아요."

"그렇다면 왜 그랬을까? 가난한 집인가 보구나."

"무척 가난해요. 그렇지만 가난하다고 다 불행한 건 아니잖아요."

"물론이지. 가족들이 모두 건강하고 앞날에 대한 희망만 있다면 그까짓 가난이야 금방 물리칠 수 있으니까."

"헌데 미진이 아빠가 오래 전부터 아파 누워 계시고 동생이 둘이나 있는데 몇 년 전에 엄마가 집을 나갔다지 뭐에요."

"저런 딱하기도 하지."

엄마는 진정으로 안됐다는 기색을 보이며 나래의 이야길 진지하게 들었다.

"그래서 우리 반이 성금을 모으기로 했어요. 작은 도움이라도 됐으면 하고."

"그래 잘 생각했다. 네가 앞장을 서야지, 반장이니까. 그러고 보니 우리 나래가 이런 땐 제법 어른스럽단 말이야."

엄마는 조금 전과는 달리 입가에 미소를 머금고 나래를 사랑스럽게 바라보았다.

"너희 선생님도 가만히 계시진 않을 게다. 원래 그 친구는 자선 사업을 하는 게 꿈이었으니까."

"우리 선생님께서?"

"그래. 결혼도 안 하고 불쌍한 아이들을 위해서 섬으로 지원한 걸 보면 모르겠니?"

"네. 섬에서 근무했단 얘긴 얼핏 들었지만 우리 선생님이 결혼을 안 하셨단 말이에요?"

"그래 최경진 그 친군 지금도 처녀란다."

"네? 우리 선생님이? 엄마 잘못 아신 거예요. 우리 선생님께선 아들이 두 명이나 있다고 했는걸요. 엄마, 정말이에요?"

나래는 자기 자신에 대한 궁금증을 풀어볼까 했던 생각은 저 멀리로 달아나고 담임 선생님에 대한 새로운 사실에 그만 정신이 혼미해지기까지 하였다.

"아니야. 너희들 앞에서 굳이 노처녀라고 밝힐 필요가 없었으니까 그렇게 말했을 거야. 참. 그렇지! 두 아들이라면 고향에 있는 부모 없는 형제를 두고 한 말인가 보구나?"

"네? 고향에요?"

"그래. 우리 고등학교 때 국어 선생님, 너도 알지? 내가 전에 말했던 시인 선생님 말이다. 그분이 돌아가시면서 어려운 아이들을 위해 써달라고 내놓은 돈으로 고향에 설립한 작은 학교가 있어. 기술고등학교이지만. 그곳에서 공부 잘하는 아이 그러니까 아까 내가 말한 부모가 안 계신 학생 두 명의 등록금과 생활비 일체를 너희 선생님께서 대주고 있다는 이야길 나도 요즘에서야 들었단다."

"어머나, 우리 선생님 너무나 훌륭하시다!"

"그럼. 난 그런 친구를 가진 게 얼마나 자랑스러운지 모른단다. 더욱이 우리 딸까지 맡아 가르치다니. 인연치고는 기막힌 인연인 게지."

엄마는 또 옛날로 돌아가 추억을 회상하듯 눈을 지그시 감았다.

나래는 기회는 바로 이때라고 생각했다.

"엄마, 딱 한 가지만 묻겠어요. 솔직히 대답해 주세요."

"무얼 말이냐?"

"엄마, 제가 정말 엄마, 아빠의 친딸인가요? 아니면 데려다 키운 양녀인가요? 저도 짐작은 하고 있어요. 전 받아들일 준비가 다 되어 있으니까 엄마가 무슨 말을 해도 괜찮아요. 그저 솔직히만 말해 주세요. 네? 엄마!"

"뭐라고? 너 별안간 무슨 소릴 하는 거야?"

나래 어머닌 금방이라도 뒤로 쓰러질 것 같은 자세로 입을 크게 벌리며 너무도 놀란 듯 더이상 말을 잇지 못했다.

"엄마, 긴 말은 필요 없어요. 제가 이 대답을 듣기 위해서 몇 달을 버렸는지 엄마는 모르실 거예요. 딱 한마디로 대답하시면 돼요. 친딸인지, 양녀인지만."

"얘가, 점점."

엄마는 커다란 충격이라도 받은 듯 얼굴빛이 노랗게 변해 버렸다.

"엄마, 이젠 저도 다 컸다고요. 알 건 알고 넘어가야 되지 않겠어요?"

나래는 사태가 이렇게 된 이상 오늘만은 놓치고 싶지 않았다.

무슨 일이 있어도 기어이 알아내고야 말겠다는 결심으로 엄마의 반응이야 어찌됐든 간에 따지듯 캐어물었다.

"얘야, 저어기 냉장고 속에서 시원한 물 한 컵만."

엄마는 기절 직전의 모습으로 의자 등받이에다 머리를 기대며 기운 없이 말하였다.

"나래야, 어차피 알아야 할 것이니 모두 말해 주마. 하지만 언니에겐 꼭 비밀로 해야 한다, 알았지?"

나래는 떨리는 가슴을 스스로 달래며 물 한 컵을 따라서 어머니에게 가져갔다. 어떠한 말이 나오더라도 절대 흥분하지 않을 거라고 다짐하면서.

"도대체 네가 왜 그런 의문을 갖게 됐는지 말해 주겠니?"

엄마는 이야기를 하려다 말고 나래에게 되물었다.

"언젠가 엄마가 '팔자에 없는 자식'이란 말을 하셨던 것 같은데…."

나래의 말에 엄마는 고개를 끄덕거리며 예상했던 대답인 양 더 이상 놀라는 기색은 보이지 않았다.

"나도 왜 그런 실수를 저질렀는지 모르겠다. 하지만 세상에는 비밀이라는 게 존재할 수 없다는 걸 알게 됐어. 실은 네가 아니고 너희 언니란다."

"네? 언니라니요?"

나래는 엄마가 지금 무슨 얘길 하려는 건지 금방 짐작이 가지 않았다.

"그래. 너희 언니가 양녀란 말이다. 이제 됐니? 넌 내가 열 달 동안 이 뱃속에서 길러 내어 세상 밖으로 내놓은 거고. 그런 이야길 내 입으로 하게 되다니. 넌 누굴 닮아 그토록 감수성이 예민한 줄 모르겠구나."

엄마는 고개를 가로저으며 빤히 바라보는 나래를 꼭 껴안아 주었다.

"전 믿을 수가 없어요. 엄마가 그렇게 말한다고 해서 제가 금방 믿을 거란 생각을 하셨나요?"

나래가 엄마의 품을 가만히 밀어내고 다시 캐묻자, 엄마는 조용히 고개만 끄덕이었다.

"띵동! 띵동!"

"더 알고 싶거든 아빠한테 여쭈어 봐라. 네가 무언가로 고민하고 있다는 걸 아빠도 눈치채고 계시니까."

엄마는 나래가 안 보는 틈을 타서 글썽거리던 눈물을 닦아내며 대문을 열어주었다.

"오우! 우리 나래가 단발을 했구나. 웬일이야? 어쨌든 산뜻하고 깔끔하게 보이는 구나. 잘했어, 잘했다고. 우리 나래야 머리를 어떻게 하던 예쁘긴 마찬가지니까."

아빠는 밖에서 무슨 좋은 일이라도 있었던 것 마냥 즐거운 표정이었다.

엄마는 안방으로 들어갔는지 보이질 않았다.

"아빠, 저녁 식사는 하셨어요?"

"그래, 친구들과 하고 왔지. 미안하다. 나만 외식을 해서. 넌 저녁 먹었어?"

"네. 아빠, 저하고 잠깐만 이야길…."

나래는 아버지의 팔을 붙들고 부리나케 자기 방으로 들어왔다.

"이 녀석아. 난 아직 옷도 갈아입지 않았는데 무슨 얘기가 그토록 급하단 말이냐?"

아빠가 책상 옆 의자에 앉자마자 나래는 다짜고짜로 캐물었다.

"아빠, 언니가 양녀란 말이 사실인가요?"

"엉? 이놈 좀 봐라? 누가 그런 소릴 했어? 아니야. 이 녀석아, 내 귀한 딸을 보고…."

"그럼 제가 데려온 아인가요?"

"얘가, 갑자기 왜 이러는 거야? 여보! 여보! 무슨 일이 있었나?"

아빠는 마치 큰 죄를 지은 사람마냥 거실 쪽으로 달려 나갔다.

이윽고 나래의 방문을 노크하고 들어온 엄마와 아빠는 단단히 결심을 한 듯 침착한 태도로 나래를 일으켜 앉혔다.

"아빠 이야길 잘 들어라. 물론 네가 사춘기이니만큼 상상력도 풍부하고 또 비판적일 수도 있겠지만, 우린 절대로 널 속이지 않아. 하느님 앞에 맹세를 한다. 알겠니? 나래야!"

나래는 대답 대신 아빠의 얼굴만 빤히 쳐다보았다.

"엄마가 전에 이야길 좀 비추었다니 긴 말은 하지 않겠다. 우리 부부가 얼마동안 어린애를 가지지 못하자 너도 알잖니? 할머니의 성격, 할머니께서 크게 노하시는 통에, 물론 할머니의 허락을 받아냈지만. 홀트 아동복지회에서 외국으로 보내려는 아이들 중에. 가만있어라, 내가 왜 이렇게 말이 두서가 없어지지? 여보, 당신이 마저 이야길 들려주어요. 난 안되겠어요."

아빠는 안절부절못하는 모습으로 갈피를 잡을 수 없게 이야기를 하다가 말고는 어머니에게 바통을 넘기는 것이었다.

"됐어요. 아빠, 전 괜찮아요. 그만들 건너가세요."

쌀쌀하게 말하는 나래의 등을 아버지는 계속 토닥거려 주면서 어머니의 말을 마저 듣게 했다.

"어쨌든 간에 언니를 데려다가 키우는 동안에 그러니까 언니가 초등학교에 들어간 해에 네가 이 엄마의 뱃속에 생겨난 것만은 틀림없는 사실이란다. 우린 아직 언니에게 이런 말 한 적이 한 번도 없었어. 세상에 우리가 나래에게 먼저 털어놓다니."

엄마는 어이가 없다는 듯 방문을 열고 나가버렸다.

사실을 믿든 말든 더 이상은 나래의 기분을 맞추고 싶지 않다는 엄마의 태도에 오히려 나래의 마음이 조금은 가라앉는 것 같았다.

"아빠, 엄마의 말을 100% 믿어도 되나요?"

"맞아. 하지만 언니에게만은 아직 비밀로 하고 싶구나."

"전 아직도 이해가 안가요."

"아마, 그럴 거다. 네가 어른이 되면 그때는 우릴 이해할 수 있을 거야."

"나래야, 부탁이다. 넌 속이 시원할지 모르겠으나 만일 언니가 이 사실을 알면 펄쩍펄쩍 뛸 거야."

"알겠어요. 무슨 말씀인지. 아빠 저 좀 쉬게 해 주세요."

"응, 그래라. 한잠 푹 자고 모두 잊어버려. 알았지?"

아빠는 나래를 반듯하게 눕혀 주고는 조용히 방문을 밀고 나갔다.

'우리 언니가 입양을 해온 아이였다고? 그래, 우리 선생님도 내가 엄마의 학창 시절 모습을 그대로 빼닮았다고 하셨어. 하지만…'

나래는 저 혼자서 이 생각 저 생각에 몸을 뒤척이며 잠을 이루지 못했다.

언니는 그것도 모르고 대학생까지 되었단 말인가? 그렇게 영리한 언니가? 정말 모르고 지냈을까?

나래의 생각이 여기까지 미치자 그동안 언니가 해왔던 일거일동이 떠오르며 나래의 머리를 어지럽게 흔들어 놓았다.

'우리 엄마, 아빠를 친부모로 알았단 말은 좀체 기대할 수가 없어. 아마도 벌써 알아냈을 거야. 그렇다면 그토록 시치미를 떼면서 어떻게 살아왔을까?'

나래는 언니가 불쌍하다는 생각이 들기보다는 앙큼스럽게도 속마음을 드러내지 않는 언니가 갑자기 더 밉다는 생각이 앞섰다.
 '모르겠다. 어쨌든 난 아니야. 난 데려온 아이가 아니란 말이다. 하마터면 정숙이와 선생님께 내 고민을 터뜨릴 뻔 했잖아? 다행이야. 이런 땐 입이 무거운 게 얼마나 좋은지 몰라.'
 오랜만에 가슴 저 깊은 속에서부터 응어리졌던 한숨이 한꺼번에 쏟아져 나오며 새처럼 몸이 가벼워지는 것 같았다.
 석 달 이상을 혼자서 고민하며 괴로워했던 생각을 하면 스스로 웃음이 나오고도 남을 만했다.
 어렴풋이 잠이 들려 할 때 초인종 소리가 들렸다. 이제야 언니가 들어오는가 보다.
 엄마 아빠가 반갑게 맞이하는 소리도 들려왔다. 그러고 보니, 속고 있는 언니보다도 속이고 있는 엄마, 아빠가 더 가증스럽다는 생각도 들었다.
 '아니야, 우린 친자매야. 난 그렇게 믿을 거야. 우리 언니, 가엾은 우리 언니.'
 나래는 언니와 시골 외갓집에서 술래잡기를 하며 즐겁게 놀았던 어린 시절을 떠올리며 스르르 잠이 들었다.
 다음 날 아침, 나래는 어쩐지 언니의 얼굴을 마주 대하기가 어색하기 짝이 없었다.
 "얘, 나래야, 내 유화 물감 네가 가져갔니?"
 언니는 예전과 조금도 다름없이 퉁명스럽게 말했다.
 "아니, 내가 왜 언니 방엘 들어가?"
 그렇게 말하고 나니 정말이지 언니 방에 들어가고 싶었다.

불현듯 언니의 일기장이 보고 싶어졌다.

'나에게 생일 선물로 일기장을 사다 준 걸 보면 분명히 언니도 일기를 쓰고 있을 거야. 맞아, 언제 기회를 잡아서.'

"나래, 학교 안 가니? 체육복도 챙겨야지."

엄마는 나래의 수업이 무슨 요일에 체육이 들어있고 어느 날에 미술이, 또 어느 날에 가정이 들어 있는지를 다 외우고 있었다.

'저렇게 자상하신 엄마를 의심하다니.'

나래는 제 스스로를 나무라며 책을 챙겼다.

16. 몰래 본 일기장

"미진이 집에 들어왔다더라."

교실에서 아이들이 떠드는 소리를 들으며 나래는 우선 현희에게로 갔다.

학급뿐만 아니라 교내·외의 정보가 빠르기로 소문난 현희한테서 미진의 이야길 자세히 듣고 싶어서였다.

"미진에 대해서 알고 있니?"

"응, 그 아이들 어느 빈 교회에서 잠을 자고 낮에는 놀이터에서 시간을 보냈다더라."

"네가 미진일 직접 만났니?"

"아니, 난 진희한테서 들었지."

"진희는 어디 갔어?"

"그 아이는 근신이라서 학생부에 가 있지 않니?"

"참, 그렇구나. 그래, 잘 알았어."

나래는 다시 자리로 돌아오며 아이들이 모여 서 있는 곳을 보았다.

"새로운 헤어 패션이구나. 정말 멋지다! 그 머리 어느 미장원에서 잘랐니?"

"응, 우리 엄마가 다니는 단골 미장원인데, 그 미장원 원장님이 뭐라고 했는지 아니?"

"뭐라고 했기에?"

"너희 선생님 혹시 히스테리 증세가 있는 노처녀가 아니냐고. 어쩌면 그렇게도 무자비하게 여학생들의 머리를 함부로 뚝뚝 잘라낸다니 하면서 말이야. 내 머리는 이렇게 컷을 하지 않고서는 다른 모양을 낼 수가 없다지 뭐냐. 귀 밑을 너무 높이 쳐놓아서 말이다."

기원이 대학생처럼 멋지게 컷한 머리를 만져가며 수다를 떨자 아이들은 '하하하하!' 교실이 떠나가게 웃어대며 흩어질 줄을 모르고 있었다.

'히스테리 증세가 있는 노처녀?'

나래는 입속말로 여러 번 되뇌었다.

분명히 노처녀라는 말을 엄마한테서 듣긴 들었지만 이 상황에서 아이들에게 말하고 싶은 생각은 조금도 없었다.

나래가 아는 한 담임 선생님은 히스테리 증세와는 거리가 먼 존경받는 스승이라고 알려야 될 의무감 같은 것을 느꼈기 때문이다.

하지만, 그런 사실이 세상에 알려지는 것을 선생님이 싫어한다면 아예 한마디도 입 밖에 내놓지 않는 것이 오히려 현명할 지도 모를 일이다.

"얘, 강나래? 불우 이웃 돕기 성금을 누구한테 내면 되니?"

어젯밤 꿈속과 같았던 집에서의 일들을 어렴풋이 상기시키고 있는데 예은이 어깨를 흔들며 묻는 것이었다.

"응, 회계에게 내야지. 아니 한솔이 걷어도 되겠다!"

나래는 칠판을 닦고 있는 한솔을 가리키며 말했다.

"나도 가져왔어. 자, 돼지 저금통을 털어온 거다."

수원이 동전이 든 비닐종이를 흔들어 대며 나오자 아이들은 하던 일을 멈추고 우르르 한솔에게로 모여들었다.

한솔은 성금을 걷고 소현은 뒤에서 아이들이 라면 봉지에 담아온 성미를 걷고 있었다.

담임 선생님이 문을 열고 들어오다 그 모습을 보고 얼굴 가득 흐뭇한 미소를 머금었다.

"난 어떻게 도와야 할까?"

선생님의 말에 아이들은 저마다 한마디씩 했다.

그러나 나래는 선생님에게 어떠한 말을 해야 할지 수수께끼 속의 선생님이 어찌 보면 너무나 외롭고 쓸쓸할 것만 같았다.

'선생님의 비밀은 난 끝까지 지킬 거야. 존경하는 선생님, 그 깊은 속마음을 우리가 감히 어떻게 헤아릴 수 있을까?'

나래가 선생님의 뒷모습을 바라보며 다른 생각을 하고 있을 때, 아이들은 벌써 주변을 정리하고 제자리에 모두 가서 앉았다.

"그럼 첫째 시간 수업 준비를 해놓고 조용히들 기다려라."

선생님이 비교적 짧게 조회를 마치고 나가자 아이들도 여느 때와는 달리 시끄럽지 않는 속에서 첫째 시간의 수업 준비를 해놓고 기다렸다. 작은 일이지만 뜻을 모은다는 것은 그만큼 보람된 일이면서 또한 자신의 정신 수양에도 드러나지 않게 보탬이 되는가 보다고 나래는 저 혼자서 생각했다.

학년 초에 '말괄량이 합집합'이라는 칭호까지 들어야 했던 아이들이 요 며칠 사이에 많이 성숙해진 것 같은 느낌이다.

아니, 어쩌면 그렇게 느끼는 나래 자신이 한 단계 성큼 성장했는지도 모르겠다.

그토록 괴로워하며 자신이 누구인가를 알아내려 괴로워했던 나날들이 '선잠 속의 어설픈 꿈'인 양 어처구니없는 해답을 남기고 끝나버린 뒤의 허전함이랄까. 나래는 종일 수업이 제대로 되지 않았다.

'왜 이렇게 기분이 개운해지질 않을까?'

무언가 가슴속에 커다란 덩어리가 들어 있는 것처럼 답답하기만 했다.

사실이 밝혀졌는데도 이토록 마음이 무거운 것은 분명히 언니 때문이었다.

'맞아, 언니 때문이야. 우리 언니!'

나래는 학교가 파하자마자 책가방을 챙겨들고 교실을 빠져나왔다.

"얘야, 강나래! 너 오늘 미진네 집에 안 갈 거야? 반장이 빠지면 어떻게 하니?"

뒤에서 부반장인 화연이 큰소리로 외쳤다.

"미안해! 머리가 좀 아파서. 너희들끼리 가면 안 되겠니?"

나래가 뒤를 바라보며 머뭇거리고 서 있을 때 정숙이 가까이로 달려왔다.

"야, 성금이야 그렇다 하더라도 저 쌀을 어떻게 전하려는 거야?"

그러고 보니 커다란 자루에 들어 있는 성미를 그냥 놔두고 집으로 간다는 게 무척 꺼림칙한 일이 아닐 수 없었다.

나래는 하는 수 없이 뒤돌아서서 교실로 돌아왔다.

"무슨 일이 있니? 정말 머리가 아파?"

정숙인 믿기지 않는다는 듯이 나래의 얼굴을 들여다보며 물었다.

남은 아이들이 쌀자루를 들어보려고 '어영차' 힘을 주었으나 자루는 꼼짝도 안 했다.

"얘들아, 아저씨께서 학교차로 운반해 갈 테니 걱정 마라."

담임 선생님이 학교 아저씨 중에서 한 분을 모시고 교실로 들어왔다.

"하지만, 미진네 대문 앞까지는 차가 못 들어갈 텐데요."

정숙이가 걱정스럽게 말했다.

"그래, 잘 알고 있어. 너희들이 걱정하지 말고 집에 바쁜 일이 없는 사람만 선생님과 함께 미진이 집에 가자구나."

선생님이 아저씨와 함께 쌀자루를 운반하며 말하자, 남은 아이들이 개미 떼처럼 모여들었다.

"선생님, 전 오늘 먼저 집에 가면 안 될까요?"

나래가 주춤거리며 말하자, 선생님은 눈을 동그랗게 뜨고 바라다보았다.

"별일 아니어요. 머리가 좀."

"선생님, 나래가 많이 아픈가 봐요. 그냥 집에 가라고 하세요."

화연이 선심을 쓰듯 말하자 선생님도 더이상 묻지 않고 고개를 끄덕이며 허락을 해주었다.

"선생님, 죄송해요, 얘들아, 미안하다!"

나래는 정말로 미안한 마음을 감추지 못해 붉어진 얼굴로 재빨리 교문을 나섰다.

'집을 나갔다 돌아온 미진의 마음은 어떨까?' 조용히 만나서 진실이 통하는 대화를 하고 싶었다.

하지만 지금 상황으론 여간해서 미진이 마음을 열어 놓을 것 같지는 않았다.

'다음에 학교에 돌아오면 보다 친절하게 대해 주어야지.'

나래는 미진에 대한 생각은 그 정도로 해두기로 하고 부리나케 집을 향해 달려갔다.

"자, 여기 참외와 딸기 좀 먹어 보렴!"

엄마는 미리 준비해 놓고 기다린 것처럼 나래가 손을 씻기가 바쁘게 간식을 내놓았다.

"참, 나 오늘 너희 선생님을 만나보고 싶은데, 지금 학교에 계시겠지?"

엄마는 벌써 외출할 채비를 다 갖추어 놓고 입으로만 나래에게 묻는 것이었다.

"우리 선생님, 미진네 집에 갔을 텐데요. 성미와 성금 등을 전해 주려고…."

"어머나, 내가 전화를 먼저 걸어 둘 걸 그랬구나."

엄마는 실망하는 표정으로 힘없이 소파에 주저앉았다.

"엄마, 기왕 차려 입으셨는데 어디 쇼핑이라도 다녀오세요."

나래는 넌지시 엄마의 마음을 떠 보았다.

"그럴까? 경진이 만나서 모처럼 수다를 떨어볼까 했는데, 어디 백화점에나 갔다 올까?"

"그러세요, 엄마."

언제부터 그렇게 너그럽게 아량을 베풀었는지 나래는 이상하리만치 고분고분하게 엄마의 말에 호응을 했다.

"백화점 가기에는 좀 늦은 시간이고 기왕 나선 거 도매 시장에나 다녀와야지. 나래야, 문 꼭 걸어 잠그고 있어야 된다."

"네, 염려마세요!"

나래는 엄마를 배웅하자마자 현관문을 잠그고는 언니 방으로 들어갔다.

가슴이 두근두근 뛰었다.

금방이라도 언니 방 이불장 속에서 누군가가 '이 녀석!' 하면서 나올 것만 같았다.

하지만, 오늘 같은 날이 쉽게 돌아오진 않을 것이다. 나래는 스스로 마음을 진정시키며 언니의 책꽂이를 살펴보았다.

그러나 일기장처럼 보이는 공책은 눈을 씻고 봐도 없었다.

'언닌 일기를 쓰지 않나 보다. 언니가 돌아오기 전에 빨리 나가야지.'

마치 남의 집에 물건을 훔치러 온 도둑처럼 불안하고 겁이 나서 더 이상 지체할 수가 없었다.

'혹시.'

방문을 닫고 나오려던 나래는 다시 용기를 내어 언니방의 서랍을 가만히 빼보았다.

'맞아, 이 공책임에 틀림없어.'

나래는 언젠가 언니가 자기에게 사다 주었던 일기장과 비슷한 모양의 누르스름한 공책을 한꺼번에 몇 장씩 넘겨가며 눈으로 훑어 읽었다.

하루하루 메모 형식으로 짧게 적혀 있는 일기 속에서 언니의 평소 모습이 생생하게 드러났다.

친구들과 어울려 극장에 갔던 일, 엄마에게 이유 없이 반항을 한 뒤 후회했다는 일 등. 나래는 시간이 가는 줄도 모르고 점점 언니의 일기 속으로 빠져들었다.

「×월 ×일
　작은 일을 가지고 나래에게 짜증을 냈다. 여러 번 마음을 고쳐먹어
　도 잘 되지 않는다. 나의 친동생이라 해도 어찌하겠는가.」

눈이 번쩍 뜨였다. 가슴이 마구 뛰었다. 친동생이 아니라면 나래의 처음 생각이 들어맞는단 말인가.

나래는 침을 꼴깍 삼키고는 그 다음 장부터는 한 줄도 놓치지 않으려는 마음으로 차근차근 읽어 내려갔다.

그러나 특별한 내용이 없었다. 일상적인 생활의 되풀이 속에서 언니는 오히려 나래보다 더 심한 사춘기를 뒤늦게 몸살처럼 겪고 있는

것 같았다.

「×월 ×일
아버지가 다정한 연인처럼 내 옆에서 걷고 있었다. 내가 방황하고 있는 것 알고 있는 양 일부러 학교 앞까지 오셔서 기다려 주신 것이다. 그렇지만 가정에서의 학교에서의 평범한 이야기 외에는 진전된 게 없었다. 난 아버지의 입을 통해 나에 관한 모든 것을 듣고 싶다. 아마도 아버진 내가 어젯밤에 어머니에게 신경질을 부렸던 그 이유 하나만으로 날 만난 것뿐인가 보다. 실망했다. 그러나 절대로 내 속마음을 드러내진 말아야지.」

나래는 언니의 일기 내용이 어쩌면 자신이 며칠 전까지 써오던 내용과 너무나 흡사하다고 느꼈다. 다만 언니는 나래에 비해 자기의 감정이나 흥분을 적나라하게 적지 않고 있다는 점이 다를 뿐, 언니도 무언가를 알아내고자 무진 애를 쓰고 있음을 알 수 있었다.

하지만 언니는 그 일 때문에 매일매일 고민하며 괴로워하고 있는 것 같지는 않았다.

거센 파도가 다시 잠잠해지는 듯 언니의 일기는 평범한 이야기를 유지하면서 나래의 안타까운 마음을 흡족하게 해 주진 못했다.

'언니도 나처럼 확실치 않은 예감으로만 고민하고 있나본데 내가 들은 사실이 알려지면 얼마나 괴로워할까.'

나래가 이런 생각을 하며 일기장을 덮으려 할 때 책갈피에 꽂혀진 꽃잎 한 장이 눈에 띄었다.

흑장미 꽃잎이 곱게 말려 꽂혀 있는 페이지를 무심코 눈으로 훑어

읽던 나래의 눈이 점점 휘둥그레졌다.

「내가 권영일 선생님을 알게 된 것은 일생일대의 커다란 행운인 것 같다. 우연히 만난 사람이라기보다는 하느님께서 내게 보내주신 사랑의 천사는 아닐까. 선생님을 통해서 알게 된 우람이는 예사롭지가 않다. 분명히 그는 내가 찾고자 하는 아이임에 틀림없는 것 같다. 그렇지만 이 넓은 세상에서 내 동생이 바로 코앞에 와있다는 건 너무나 소설 같은 이야기다. 그럴 리가 없다. 더 두고 알아볼 일이다.」

도대체 뭐가 무언지 알 수가 없다.

지금 나래가 읽고 있는 일기장이 언니의 것인지 자기의 것인지 분간이 안 간다.

왜 권영일 선생님이 등장을 하고 더욱이 우람 오빠까지 등장을 하느냐 말이다.

이건 분명이 언니가 내 일기장을 훔쳐보고 나서 자기의 일기장에 소설을 쓰고 있는 것이다. 그렇지 않고서야. 나래는 이런 때일수록 더욱 침착해야 한다며 스스로의 마음을 진정시키고 다음 장을 넘겼다.

그렇지만 더 이상의 구체적인 이야기나 특이할 만한 내용이 없었다.

어쨌든 언니가 돌아오기 전에 이 방을 나가야 한다는 생각이 들자 나래는 부리나케 책상 서랍을 열고 일기장을 제자리에 넣어 놓았다.

"띵동!"

나래는 초인종 소리를 들었으면서도 재빨리 나가질 않았다.

언니의 방문을 닫고 나오는 사이에 정신이 핑 도는 것 같은 빈혈 증세를 느꼈기 때문이다.

다시 이어서 초인종 소리가 연이어 들렸다.

"누구세요?"

"응, 나다. 문 열어."

엄마였다. 양쪽 손에 무겁게 든 쇼핑백을 보면서도 나래는 멍청히 서있었다.

"얘야, 좀 받아 가면 안 되겠니? 저런 아가씰 누가 데려다 색시로 삼으려는지?"

엄마는 농담이 섞인 말투로 나래에게 살짝 눈을 흘겨주면서 주방 쪽으로 짐을 옮겨갔다.

"엄마, 우리 언니에 대해서도 이야기 좀 해요. 네?"

이것저것 사온 물건들을 냉장고 속에 넣고 있는 어머니의 등 뒤에서 나래가 불쑥 꺼낸 말이다.

"뭐야?"

엄마는 또 날벼락이라도 맞은 것처럼 깜짝 놀라며 나래를 바라보았다.

"언니가 입양해 왔다면 언니에게도 무슨 사연이 있을게 아니겠어요? 그것이 궁금해요."

"제발 나래야, 날 더 이상 어지럽게 하지 말았으면 좋겠다. 부탁이다. 나래야, 넌 내 친자식이라는 걸 밝혔으면 되었지, 언니에 대해서까지 더 알아서 무얼 하려는 거야? 네가 진실로 언니를 걱정한다면 이제까지처럼 친언니로 생각하면서 아무런 내색도 하지 않는 거다.

만일 언니가 눈치 채는 날이면 우리 가정의 평화는 그날부터 깨지고 말거니까 말이다. 아빠는 얼마나 끔찍하게 언니를 사랑하는 줄 아니? 엄마, 아빠는 오늘까지 너희 언니를 데려온 아이라고 생각해 본 일이 하루도 없었어. 여우같은 네가 어찌나 괴롭히는지 할 수 없이 너에게만 말했지만 우린 널 믿는다. 너도 어린애가 아니라는 것 우리가 인정해 준 거야. 아예 그따위 이야긴 앞으로 꺼내지도 말아라. 알았니? 명심해 둬!"

엄마는 칼보다도 더 날카로운 어조로 나래를 단단히 야단치면서 다짐을 받으려 했다.

"하지만 엄마!"

"더이상 말하지 말랬지? 만약에 아빠나 언니 앞에서 그런 질문을 하는 날에는 내가 널 용서하지 않을 거야."

엄마의 눈빛이 이토록 무섭게 느껴진 적은 한 번도 없었다.

"알았어요, 엄마. 조심할게요."

나래는 지금 언니도 이미 그 사실을 알고 있다는 말과 일기장 속에서 훔쳐본 몇 가지 사건에 대해서 털어놓고 싶었지만 꾹 참기로 했다. 엄마가 그 말을 들으면 너무나도 큰 충격을 받을 것이 분명했기 때문이다.

'언니도 나도 오히려 태연한 척 능청스러운데. 엄마가 더 벌벌 떨고 있으니, 우리 엄마는 아무래도 너무 착하신 게 병이야.'

나래는 하는 수 없이 시치미를 뚝 떼고 창문가로 다가갔다.

사르르 창문을 열었다. 권영일 선생님의 방에는 아직 불이 켜 있지 않았다.

'언니가 권 선생님을 어떻게 알고 있을까? 또 우람이는?'

아무리 생각해도 이해가 가질 않는다. 나래는 자꾸만 어려워지는 수수께끼 앞에서 마치 꿈을 꾸고 있는 듯한 착각까지 일으킬 정도였다.

"옳지, 정숙에게 알아봐야지!"

갑자기 나래가 큰 소리로 말하며 창문을 드르륵 닫자 엄마는 또 하던 일을 멈추고 나래를 바라보았다.

"저어, 아니에요. 엄마!"

정숙에게 전화를 걸려다 말고 나래는 자기 방으로 들어갔.

일기장을 꺼내었다. 몰래 본 언니의 일기장에 비하면 나래의 일기장은 속이 텅 빈 듯한 느낌이 들었다.

'보랏빛 망토를 입은 요정아, 내가 그동안 너의 소중함을 잊고 지냈던 것 같아. 난 너에게 쓸데없는 넋두리만 늘어놓고 마음을 살찌우는 이야기나 밝고 명랑한 이야기들은 별로 말한 적이 없었어. 아마도 난 주위 사람들에게 도움이 될 만한 인물이 못 되나 봐. 나로 인하여 많은 사람들이 걱정만 하게 하고. 난 너무 행복에 겨워서 철없이 굴었던 거야. 우리 언닌 정말로 장하지? 언제인지는 몰라도 자신의 처지를 다 알아냈으면서도 언니는 아주 시나브로 해결해 가는 멋쟁이야. 이따금씩 나에게 화를 낸 적도 있지만 그런 정도도 안 한다면 비정상이지. 또 우리 반 미진이도 다시 생각했어. 그 어려운 속에서 가장 노릇을 하며 인내하고 참아내는 걸 보면, 물론 가출을 했다고는 하지만 그건 잠시 감정 때문일 거야. 다시 돌아오지 않았니? 우리 선생님께서 다 아셨으니까 앞으로 그런 일은 없을 테고. 나의 친구 요정아,

나는 이번에 여러 가지로 배운 점도 많아. 오늘 이후로 난 나의 꿈과 희망에 대해서 보다 진지하게 생각해 보기로 하겠어. 우리 선생님과 우리 엄마 아빠를 비롯해서 내 주변만 해도 본받을 만한 분이 많아. 허황된 소녀의 꿈이 아니라 세상에서 꼭 필요한 일을 골라 할 거야, 예를 들면 자선 사업이라든가 그리고….'

나래가 일기장을 붙들고 얼마만큼이나 시간을 보냈는지 밖에서 도란도란 이야기하는 소리가 들렸다.

나래는 빨리 일기장을 덮어서 책상 서랍 속에 넣어 놓고는 방문을 빠끔히 열고 밖을 내다보았다.

"어머나, 권영일 선생님께서?"

언니와 나란히 앉아 있는 남자가 진짜 권영일 선생님이 아니기를 바라며 나래는 눈을 동그랗게 뜨고 밖으로 나갔다.

17. 너에게만 말할게

"오, 강나래. 잘 있었니?"

권 선생님이 먼저 자리에서 일어서며 반가워했다.

"네, 선생님. 어떻게 오셨어요?"

나래는 언니와 권 선생님을 번갈아 보며 있을 수 없는 일이라는 듯 의아한 표정을 지었다.

"그게 제일 궁금하니? 방금 어머님께는 말씀드렸어. 우리 자세한 이야기는 다음에 나누기로 하고 우선 이리 와서 앉아!"

도대체 권 선생님의 또 다른 면이 어디에 숨겨져 있기에 저토록 뻔뻔할 수가 있단 말인가.

누구의 엄마더러 벌써부터 어머님이라 하느냐 말이다.

어쨌든 나래는 언니 옆에 가서 앉았다. 언니의 얼굴이 약간은 발그레해진 걸 보면 보통으로 아는 사이인 것만은 아닌 것 같았다.

"엄마가 권 선생님을 초대 하셨어요?"

야무지다 못해 매우 날카로운 음성으로 따지듯 엄마를 향해 묻고 있는 나래는 누가 보아도 사나운 고양이와 같아 보였다.

"내가 초대했다. 뭐가 잘못 됐니?"

엄마 대신 언니가 나래를 똑바로 쏘아보며 대답했다.

"잘못 되었다기보다 이상하잖아? 언니하고 권 선생님이 언제부터 알았다고 그래?"

"누구든 처음부터 아는 사람은 없어. 한 가족이 아니고서야. 나래의 언니하고는 최근에 와서 알게 됐지만 우린 아주 오래 전부터 사귄 사람 이상으로 친근하단다. 이젠 됐니?"

권 선생님은 정말로 당연한 방문인 양 거리낌이라고는 조금도 없는 눈치였다.

"나래야, 네가 말하던 선생님이 바로 여기 계신 권 선생님이셨지? 우리 옆집으로 하숙을 옮기셨다던."

"네, 맞습니다. 실은 바로 옆집에서 지내고 있습니다. 그래서 나래 언니도 알게 되었고요."

권 선생님은 시종일관 싱글벙글 웃는 얼굴로 나래 엄마에게 잘 보이려고 애쓰는 것이 역력하게 드러났다.

"선생님, 이야기 하시다 가세요!"

나래는 혼자서 현관문을 밀고 밖으로 나왔다.

"얘, 나래야, 이 밤에 어딜 나가는 거야?"

엄마가 걱정스럽게 따라 나오며 물었다.

"아니에요. 잠깐만 바람 좀 쏘이려고요."

"얘, 나래야, 네가 그토록 좋아하고 존경한다던 선생님이 오셨는데 과일 심부름이라도 해야지."

"저를 만나러 오신 게 아니잖아요. 언니를 만나러 오셨지."

"쟤가 또 왜 저럴까?"

엄마는 금방 놀라는 기색을 하여 문을 닫고 안으로 들어가자 나래도 자기 방으로 곧장 들어왔다.

불과 몇 시간 전까지만 해도 나래는 앞으로 언니를 최대한으로 이해해 주면서 잘 지내겠다고 다짐을 했었는데 금세 왜 이렇게 심통이 났는지 스스로도 이해할 수가 없었다.

'우리 언니와 나는 태어나기 전에 어떤 관계였을까? 정말 끊을 수 없는 굵은 동아줄로 묶여진 두 그루의 소나무였을까? 아니면 서로를 잡아먹지 못해 으르렁거리는 두 마리의 야수였을까?

나래는 천장에 그려지는 권 선생님의 얼굴과 언니의 얼굴을 보지 않기 위해 억지로 눈을 감았다.

'좋아, 난 어린애이고 자기들은 성인이라고 해 두자고. 그렇지만 언니의 일기장 속에서 본 이우람인 도대체 어떤 관계일까? 맞아, 그래 정숙인 알고 있을 거야.'

나래는 일기장을 반 페이지도 쓰지 않은 채 스르르 잠이 들었다. 물론 깊은 잠이 아닌 여러 사건이 복잡하게 얽히고설키는 꿈을 꾸면서 말이다.

다음 날 아침, 나래는 아침을 먹는 둥 마는 둥 하고는 서둘러 집에서 나왔다.

정숙이네 집이 있는 골목길까지 부리나케 달려왔다.

"정숙이 학교에 갔어요?"

초인종을 누르고 나서 대문 밖에서 정숙이 나오기를 기다렸다.

"너 웬일이니? 우리 집 앞까지 와서 기다려주고. 내일은 해가 서쪽에서 뜨겠다!"

정숙은 나래가 기다려 준 것이 너무도 반갑고 고마운 듯 환한 얼굴로 웃으며 나타났다.

"너 지금도 우람이 오빠 종종 만나니?"

"갑자기 우람인 왜? 너 그 오빠 만나고 싶니?"

정숙은 한술 더 떠서 나래의 볼을 빨갛게 만들어 놓는 것이었다.

"만나고 싶다기보다는 그 오빠에 대해서 알고 싶어서."

"알고 싶다고? 알고 싶다는 건 관심이 있다는 거 아니겠니? '관심 있는 건 곧 애정의 표시이고 애정은 곧 사랑'이라고 우리 모두 국어 시간에 배우지 않았던가?"

"그러지 말고 정숙아, 우람이라는 외고생이 본래 너의 엄마의 친구분 아들이었니?"

"넌 또 무슨 뚱딴지같은 질문으로 아침부터 사람의 얼을 쏙 빼놓을 작정이냐?"

"그게 아니고, 혹시 동명이인인지는 모르겠지만 우리 언니가 찾고 있는 사람이 아닐까 해서."

"너희 언니가?"

"어머나, 그냥 해본 말이란다. 넌 신경 쓸 것 없어."

"애, 나래야? 너 누구 놀리는 거야? 항상 의심스러운 말만 꺼내놓고는 한 번도 시원스런 이야길 해본 적이 없잖아. 넌 무슨 비밀이 그렇게도 많니?"

"비밀이라니? 난 비밀 같은 거 전혀 없다!"

"없다고? 없는데 무엇이 그렇게도 불안하니?"

"불안하긴 누가?"

"너 말이야, 요즈음 들어서 아주 몰라보게 달라지고 있다고. 다른 사람은 몰라도 난 속일 수 없을 걸?"

정숙이 마치 나래가 자기를 배반이라도 한 것처럼 몹시 흥분한 목소리로 나래를 향해 야단을 쳤다.

"알았어. 아무 일도 아니야. 다만 우리 가정에서의 작은 사건을 가지고 내가 너무 심각하게 굴었나 봐. 그렇게 보였다면 미안하다. 없었던 일로 해두자."

"야, 강나래! 우람이 오빠 이야긴 네가 먼저 꺼냈잖아? 그래놓고 없었던 일로 하자고?"

정숙은 더이상 못 참겠다는 듯 숨을 헉헉 몰아쉬며 나래의 책가방을 낚아챘다.

나래는 한참 동안 아무 말도 하지 않고 서 있다가 정숙이 다시 학교길을 따라 걷는 걸 보고 천천히 뒤를 따르며 말했다.

"정숙아, 난 네가 이 세상에서 제일 친한 친구라고 믿고 있어. 난 널 속일 수도 없을뿐더러 내 마음속 이야기를 너에게 모두 털어놓지 않고서는 정말 불안하단다."

나래가 무언가 자기에게 다 고백할 것 같은 태도를 보이자 정숙은 금세 화를 풀고 그 커다란 손바닥으로 나래의 등을 툭툭 치며 즐거워했다.

"그러면 그렇지. 나의 애인 강나래가 저 혼자 비밀을 간직할 리가 없어. 우리 오늘 적당한 시간을 잡아 모든 것을 털어놓자, 어때? 네 생각은?"

"좋아, 이따가 방과 후에 운동장 동쪽 편 등나무 밑 벤치에서 이야길 나누자."

"오우, 나래 양! 그곳이야말로 분위기 백 점 만점이지. 우리 둘의 데이트 장소로 말이다."

정숙은 진짜로 사랑하는 애인과 데이트 약속을 따내기라도 한 것처럼 좋아하며 돌층계를 한꺼번에 두 층씩 성큼성큼 뛰어올랐다.

"자, 가자, 어서 나와!"

종례 시간이 끝나자마자 정숙이는 책가방을 챙겨들고 교실 뒷문에 서서 나래에게 눈짓을 했다.

"그래, 너 먼저 가있어. 바로 나갈게."

나래가 책상 위를 정리하며 대답했다.

"참, 나래야, 나 어제 학원에서 오는 길에 권영일 선생님 만났다! 야, 멋진 아가씨와 데이트를 하는데 뒤에서 부를까 하다가 참았지 뭐냐."

예은이 개구쟁이처럼 싱글벙글 웃으며 다가오자 정숙이 가로막았다.

"얘야, 너 방금 누굴 만났다고 했니? 권 선생님? 멋진 여자와의 데이트?"

"그래, 맞아. 있잖아. 경찰서 옆으로 난 골목길 장미 넝쿨이 빨갛게 피어 늘어진 길을 둘이서 손을 잡고."

"손까지 잡았어?"

"확실치는 않아도 손을 잡은 것처럼 아주 가까이 붙어 서서 걷더란 말이다."

"그게 정말이야? 그 아가씬 누군데?"

반 아이들이 하나둘씩 예은의 옆으로 밀려오는 틈을 타서 나래는 교실 앞문으로 나왔다.

정숙이 금세 눈치를 채고는 나래를 뒤쫓아왔다.

"어느새 등나무 꽃이 이렇게 예쁘게 피어났네."

"나도 오늘에서야 발견했어. 해마다 피고 지는 꽃인데도 볼 때마다 새로운 것 같아."

"그래, 포도송이처럼 주저리주저리 달려 있는 것이 여느 꽃과는 느낌이 다르지?"

"응, 너 등나무 꽃말이 무언지 알고 있니?"

나래는 정숙이가 긴 벤치의 한쪽 구석에 자리를 잡고 앉자 등나무에 대롱대롱 매달린 꽃송이를 보며 물었다.

"꽃말? 난 생각해 본 적이 없어."

"3학년이 되니까 너무나 바빠서 여기 등나무 밑을 찾기도 힘들지?"

"그래, 특별히 하는 일도 없으면서 시간에 쫓기는 것 같아. 그런데 등나무 꽃 꽃말이 뭐야?"

"전에 내가 백과사전에서 본 건데 '화해', '결속', 그리고 '사랑에 취하다', 그런 거야."

"확실히 나래 양은 사춘기가 틀림없네. 그런 걸 찾아볼 생각을 다 하고."

"어쨌든 고등학교에 가면 어떠할지 상상이 가고도 남는다. 오죽하면 성적 때문에 비관해서 자살하는 사람이 생길까 말이다."

"응, 특히 저 소문난 D외고생들은 1학년 때부터 전원이 밤 12시까지 자율 학습을 한다더라."

"어휴, 지겨운 공부. 참 그건 그렇고 우람이 오빠 이야길 빨리 들어야겠어. 너 혼자 따로 그 오빨 만났니?"

정숙인 잊어버리지 않고 우람의 이야길 꺼냈다.

"처음부터 이야길 하자면 너무나 복잡해."

"무슨 일인데 그러니? 너희 집에 문제가 있을 턱이 없잖아."

"남들은 그렇게 생각하겠지. 하기야 우리 집에서 나만 좀 심각할 뿐이지 다른 식구들은 예사롭게 여기는 일이니까."

"얘가 또 시간을 끌고 있네, 본론!"

정숙은 단도직입적으로 본론을 말하라며 나래에게 협박을 가했다.

"그렇게 큰소리 치지 마. 묵비권을 행사할 수도 있으니까."

"난 너보다 더 속이 탄단 말이다. 그렇지 않아도 마음이 여린 네가 무엇 때문에 그리도 고민을 하는지 그게 날 안타깝게 만들고 있거든. 넌 나의 이런 마음을 알기나 하니?"

"응, 알아. 거두절미하고 본론만 이야기하면 실은 우리 언니와 난 친자매가 아니란다."

"뭐라고?"

"그리고, 아까 예은이 말했던 그 아가씨는 분명히 우리 언니를 두고 말하는 걸 거야."

"그 아가씨라니?"

"권 선생님과 데이트한다는 아가씨 말이야."

"점점?"

"어젯밤에 우리 언니가 권 선생님을 우리 집에 모셔왔었거든!"

"야, 차근차근 이야기를 해. 누구 정신을 빼놓을 일 있니? 뭐가 뭔지 난 모르겠단 말이다. 다시 천천히 한 가지씩만 자초지종 말해 봐."

"그렇게만 알고 있으면 돼. 너까지 머리 아플 필요가 없으니까."

정숙은 머리를 좌우로 흔들며 믿기지 않는 듯 나래의 표정을 이리저리 살펴보았다.

"나도 처음엔 믿기지 않았지만 그게 사실인걸 뭐."

"하느님, 맙소사!"

정숙은 나래의 손을 꼭 잡아 쥐며 눈물을 글썽이었다.

"그런데도 넌 용케도 잘 참아내고 있구나. 나래야, 이런 때일수록 마음을 독하게 먹고 침착하게 행동하는 거야. 세상을 살다보면 별일이 다 많다더라."

정숙이 마치 세상을 많이 살아본 사람처럼 의젓하고 듬직한 태도로 나래를 위로해 주었다.

"정숙아, 난 우리 언니를 질투하고 있나봐. 권 선생님도 언니도 모두 미워 죽겠어."

"그럼, 그렇겠지. 내 마음도 이렇게 표현할 길이 없는데 넌들 오죽하겠니? 그렇지만 나래야, 네가 좋아하는 권 선생님이 너의 언니와 데이트를 한다고 해서 하룻밤 사이에 친자매가 아니라고 선언하는 건 너답지 않은 처사야."

제대로 알지도 못하면서 정숙은 나래에게 충고를 하였다.

"넌 내 말을 신중하게 받아들이지 않는구나. 하지만 사실은 사실이니까 네가 믿고 안 믿고 하는 건 자유야."

나래가 책가방을 들고 일어서려 하자 정숙이는 다시 나래의 손을 잡아당겼다.

"삐지긴. 어린애 같이. 그래, 그게 사실이라면 좀 더 구체적으로 말해 줄 수 없겠니? 응, 나래야!"

"내가 태어나기도 전에 우리 언니는 어느 홀트 아동 복지회에서 입양해 왔다는 거야. 우리 언니가 다섯 살 나던 해에 내가 태어났고."

"뭐? 네가 아니고 너희 언니였어?"

몹시도 가엾게 여기는 눈초리로 나래를 줄곧 지켜보던 정숙이 뜻밖이라며 펄쩍 뛰는 것이었다.

"어쩌면 사람이 산다는 건 복잡하고 어려운 수수께끼를 하나씩 둘씩 풀어나가는 과정인 것 같아."

"와, 강나래 이제 보니 너도 철학자가 다 되어가는구나. 야, 요즈음 노래 가사에도 있지 않던? '인생은 하나의 연극'이라고. 너나 나나 모두 신이 만들어 놓은 각본대로 연기를 하는 연극배우에 불과할 뿐이야."

"하하하하!"

"하하하하!"

정숙과 나래는 두 손을 꼭 붙들어 잡고 약속이나 한 것처럼 한참 동안을 마주보며 깔깔거리고 웃었다.

좋아서 웃는 건지, 나빠서 웃는 건지 자신들도 모를 일이었다.
"이제 궁금증이 풀렸니? 벌써 여섯 시다. 어서 가자!"
학교 동관 건물 돌층계 아래만 빼놓고는 운동장 전체가 땅거미로 덮여있었다.

18. 얽히고설킨 인연

"넌 아직 한 가지는 말하지 않았어."

정숙이 꼼작도 않고 벤치에 그대로 앉은 채 형사가 죄인을 심문하듯 물었다.

"뭘?"

"아침엔 우람이 오빠 이야길 꺼냈던 것 같은데?"

나래가 잠깐 잊고 있었던 일을 정숙이 야무지게 캐묻는 바람에 나래는 도리가 없었다.

"그래, 넌 못 속여. 하지만 아직 표면상으로 드러난 일이 아니라서 말할 단계가 아니야."

"염려 말고 말해. 오늘 이 등나무 그늘에서 들은 이야기는 무덤으로 갈 때까지 비밀로 할 테니까."

"널 못 믿어서가 아니고 그 남학생에 대해선 나보다 네가 더 잘 알지 않니?"

"난 우리 엄마의 친구 아들이라는 것 외에는 또 소꿉놀이 시절에 이웃에서 살았다는 것 말고는 아는 게 없어. 글쎄, 네 언니가 우람이 오빠를 찾는 이유는 뭐냔 말이다."

"확실한 이유는 나도 몰라. 다만 우리 언니의 일기장을 몰래 봤을 뿐이니까."

나래는 더 이상 말하고 싶지 않아 책가방을 메고 먼저 일어섰다. 정숙도 말없이 따라 일어섰다.

그때였다. 정숙이 갑자기 나래의 팔을 잡아끌며 호들갑을 떨었다.

"저기 걸어오시는 분이 권영일 선생님 아니시니? 그 옆에 함께 오는 학생은?"

"어디?"

"어머나! 호랑이도 제 말을 하면 나타난다더니, 저 오빠는?"

정숙인 더는 말문이 막혀서 이야기할 수 없다는 듯 손으로 입을 가리면서 나래를 끌어당겨 테니스장 뒤쪽으로 숨게 하였다.

"무슨 이야기가 저리도 심각할까?"

분명히 권 선생님과 이우람이 이쪽 등나무 밑 벤치를 향하여 걸어오는 게 아닌가.

"얘, 너 정면으로 충돌하고 싶니?"

"아니야, 어떻게 해야 좋을지 몰라서 그래."

"조용히 해! 참, 듣기로는 권 선생님이 상담실에 계시다고 했으니까

만일 우람 오빠에게도 숨겨진 비밀이 있다면 말이야. 오늘 털어 놓을지 누가 아니?"

"하지만 우리가 여기서 몰래 듣고 있다는 사실을 권 선생님께서 알기라도 한다면."

나래가 몸둘 바를 몰라 하며 초조해진 표정으로 일어섰다 앉았다 하자 정숙이는 힘주어 나래를 주저앉혔다.

"예, 넌 너희 언니 방에 들어가 일기장까지 몰래 훔쳐본 아이이면서 우연히 만날 사람들이 하는 이야길 좀 엿들었기로 무슨 죄가 된다고 그러니? 공연히 엄살을 부리고 있어."

정숙이 소리를 낮추어 말하면서 무섭게 호통을 치는 바람에 나래는 꼼짝도 할 수 없었다.

"자 앉아. 내가 헛짚었다면 큰 실수를 저지른 게 되겠지만 지금 생각으로는 거의 틀림이 없는 것 같아."

권 선생님이 조금 전에 정숙과 나래가 앉아 있던 등나무 밑 벤치에 앉자 우람이 그 옆에 나란히 앉았다.

'얼마나 심각한 이야기라서 이미 떠난 학교까지, 그것도 어둑해진 이 시간에 등나무 밑을 찾았을까?'

나래는 이제 어쩔 수 없이 두 사람이 하는 이야기를 성의껏 들어주어야만 되겠다는 생각으로 어깨에 멘 책가방까지 내려놓았다.

그런데 웬일일까? 두 사람은 더 이상 아무 말도 하지 않고 조용히 앉아만 있지 않은가.

나래와 정숙인 서로 마주보며 눈을 깜박거렸다.

침을 꼴깍꼴깍 삼키며 숨소리까지 죽이고 있자니 이처럼 힘든 벌을 받아 본 적은 한 번도 없었던 것 같았다.

나래는 갑자기 발이 저려와 정숙을 쿡쿡 찔렀다. 눈짓으로 가자고 졸랐다. 고개를 끄덕이고 난 정숙이 미끄러지듯 테니스 장 뒤편에 있는 직원용 주차장이 있는 곳으로 달려갔다.

나래도 발을 질질 끌며 소리 나지 않게 조심해서 그곳을 빠져 나왔다.

"아휴! 하마터면 숨 넘어 갈 뻔 했다. 아니 남녀 간 데이트도 아니고 스승과 제자가 그렇게도 할 말이 많다던?"

정숙은 후문으로 빠져나온 뒤 두 팔을 마구 휘두르며 전신 운동을 했다. 나래는 화단가에 걸터앉아서 두 다리를 주무르며 긴장을 풀었다.

"너무 늦었다. 집에서 기다리겠다."

이번엔 정숙이 먼저 재촉을 했다.

"전화도 안 하고 이제 오냐고 야단을 맞겠지? 차라리 집에 들어가지 말까?"

"뭐야? 강나래? 너 그 말 진심으로 하는 거야?"

정숙은 깜짝 놀라며 나래를 한바탕 흔들어댔다.

"아니야. 그냥 해본 말이지. 어서 가자."

나래는 히죽이 웃으며 앞장을 서서 걸었다.

"계집애, 이따금씩 가슴 철렁하게 하고 있어. 한번만 더 그따위 말을 하기만 해라. 내 가만 안 둘 테니까."

정숙은 마치 엄마처럼 아니 언니처럼 나래를 혼내주기도 하고 감싸주기도 하는 진정한 친구임에 틀림없었다.

나래와 정숙이 팔짱을 꼭 끼고 언덕길을 내려오면서 흥얼흥얼 노래를 불렀다.

"날 저무는 하늘에 별이 삼 형제. 깜박깜박 정답게 지내이더니. 웬일인지 별 하나 보이지 않고. 남은 별만 둘이서 반짝거리네."

언제 불러도 좋기만 한 동요를 부르며 조금 전의 일들일랑 까맣게 잊었다는 듯이 걸어가고 있는 두 여학생을 뒤에서 부르는 사람이 있었다.

"얘들아, 기다려! 같이 가자."

둘이는 똑같이 돌아보았다.

"어머나, 선생님!"

정숙인 반갑게 소리를 치며 권 선생님에게 매달렸다. 그러나 나래는 고개만 푹 숙였다.

"내 아까부터 너흴 줄 알았지. 여학생들이 밤길을 함부로 다니면 안 돼. 참 나래는 언제 나하고 시간을 잡아 이야길 해야겠지?"

권 선생님은 너무도 태연하고 자연스럽게 나래를 바라보며 말했다.

그렇게도 말이 많고 무식할 정도로 예의 없이 굴던 우람인 오늘 따라 아무 말도 하지 않았다.

"선생님! 우람 오빠, 무척 착하죠? 그렇죠? 그런데 나래는 우람이 오빠만 보면 너무 쌀쌀맞게 구는 거예요. 키 크고 싱겁다나요?"

정숙이는 일부러 분위기를 맞추기 위해서인지 선생님과 우람의 사이를 비집고 들어가 쓸데없는 말을 지껄이는 것이었다.

"시간도 많이 늦고 지금 들어가서 환영 받을 사람 한 사람도 없겠지? 자, 오늘은 내가 저녁을 사마. 우리 이렇게 만나기도 쉽진 않지?"

권 선생님은 정숙이 못지않게 큰소리로 말하며 껄껄껄 웃었다.
"전 먼저 집에 가겠어요."
나래가 뒤로 빠지려하자 권 선생님이 나래의 어깨에 두 손을 얹었다.
"나래야, 내가 너희 집에 전화를 걸어줄게. 걱정할 것 없어. 이 순진한 아가씨야!"
권 선생님이 나래의 어깨를 두어 번 흔들어대자 정숙인 또 한마디 거들었다,
"선생님 나빠요. 나래가 선생님을 얼마나 마음속으로 사모했는데. 그게 사실이에요? 나래 언니와의 데이트?"
"하하하, 마정숙! 이런 익살꾸러기 조금도 변하지 않았어."
권 선생님은 골목길이 쩌렁쩌렁 울리도록 '하하하' 웃으며 정숙이의 등을 몇 번 토닥거렸다.
"선생님, 나래 언니와는 언제부터 알았어요?"
정숙이 음식점에 들어가자마자 권 선생님에게 이것저것 궁금한 것을 묻기 시작했다.
권 선생님은 싱글벙글 웃어 가며 아주 간단하게 대답을 하거나, 특이한 미소로 얼버무리기도 했다.
나래는 고개를 숙이고 나무젓가락을 들었다 놓았다 했다. 그러면서도 아까부터 우람이가 짓궂게 자기를 줄곧 바라보고 있음을 의식하고 있었다.
언니와 권 선생님의 이야기라면 더 이상 알고 싶거나 듣고 싶지도 않다는 태도에 우람인 나래의 속마음을 모두 꿰뚫어 보며 앙큼스럽기 짝이 없다고 눈을 흘겨 주고 있는지도 모를 일이었다.

18. 얽히고설킨 인연

나래가 정숙에게 자기네 이야기를 다 털어놓듯이 어쩌면 우람이도 권 선생님을 통하여 나래네 이야기를 어느 정도는 짐작하고 있을 것이다.

여기까지 생각이 미치자 나래는 점점 기분이 나빠졌다.

"선생님, 죄송하게도 한 가지만 여쭤 보겠어요."

갑자기 정중하게 예의를 갖추며 말하는 나래를 보고 나머지 세 사람은 모두 뜻밖이라는 듯 나래를 바라보았다.

"우리 언니와 제가 친 자매가 아니라는 걸 선생님도 알고 계시지요?"

확실하게 알고 싶다는 어조로 눈을 반짝이며 물어오는 나래가 어찌 보면 천진스럽기도 했지만 한편으로는 바보 같은 질문이라고 정숙은 생각했다.

"나래야, 우리 다시 시간을 내어 보자, 너하고 나하고만."

권 선생님은 고개를 끄덕이며 가볍게 넘기려 했다.

"제가 있어서 안 되겠다면 비켜드리겠습니다."

정숙이 세 사람 얼굴을 번갈아 보고 나서 슬며시 일어섰다.

"그럼 나도 갈 거야."

나래도 일어서서 정숙의 등을 떠밀다시피 하여 밖으로 나와 버렸다.

"이 녀석들이 어서 들어오지 못하겠나?"

권 선생님은 큰 목소리로 소리쳤지만 굳이 붙잡으려고 하지 않았다.

"정숙아, 왜 우람 오빠에게는 질문을 한마디도 안 했니? 그토록 잘 지내는 사이이면서."

공연히 심통이 나서 나래는 애매한 정숙에게 투정을 부렸다.

"나도 분위기 파악은 할 줄 알거든. 우람 오빠의 우울해 하는 얼굴을 처음 봤기 때문에 어떻게 대해야 할지 묘책이 떠오르지 않더라고."

"그랬었니? 우울한 표정이었어?"

"그럼, 그 얼굴이 평소처럼 밝게 보이던?"

"난 똑바로 볼 수가 없었어. 마치 내가 죄인인 것처럼."

정숙은 충분히 이해가 간다는 듯 고개를 끄덕이었다. 그리고는 나래가 하고 싶은 말을 대변하듯 한 마디 하는 것이었다.

"아휴, 세상에 무슨 일이 그토록 복잡하게 칡넝쿨처럼 얽히고설키었을까?"

나래의 답답한 마음을 헤아려주는 이는 단짝 친구 마정숙을 따라 갈 사람은 아무도 없었다.

19. 언니의 교통사고

"애들아, 저기 좀 봐! 장미진과 그 애 아버지 아니니?"

쉬는 시간에 운동장을 넘겨다보고 있던 진희가 소리치자 아이들은 우르르 창문가로 모여들었다.

"맞다, 미진이다. 장미진!"

은주는 반갑게 손을 흔들며 운동장에서 교실 쪽을 바라보며 걷고 있는 미진의 이름을 목청껏 불러댔다.

미진도 손을 흔들어 아는 체를 한 뒤 교무실로 향했다.

그런데 종례 시간이 다 되도록 미진이 교실에 들어오지 않았다.

담임 선생님은 종례 시간에 미진이 교칙대로 하면 아직 시기상조지만 진심으로 반성하고 학교에 잘 다니겠다는 약속을 했기 때문에 곧 수업을 받게 될 것이라 했다.

또 미진이 아버지가 진심으로 나래네 반 아이들 모두에게 고맙다는 말을 전해 달라 했으며 앞으로는 집에만 있지 않고 무슨 일이든 해보겠다는 결심까지 보이고 갔음을 시사했다.

아이들은 모두 제 일같이 기뻐하며 하루빨리 미진이 나타나기를 고대하였다.

"미진이 아버지는 그동안 실직하셨나? 왜 어린 것들을 고생시키며 집 안에만 있었다던?"

현희가 집으로 돌아오는 길에서 은주를 붙들고 묻는 말이었다.

"전에는 건축하는 일에 종사하며 그럭저럭 살았나본데 어느 날 허리를 다치고 나서부터 집에 있었대. 미진이 엄마가 가출한 것도 큰 충격이었겠지 뭐."

은주가 어른스럽게 대답하는 말을 못 들은 척 하며 나래와 정숙이 그 옆을 스쳐 지나왔다.

여느 때와는 달리 정숙과 쉽게 헤어진 나래가 미진에 대한 생각을 하며 어두운 표정으로 걷고 있을 때였다.

"여기 봐, 학생! 그 집 대문 열쇠를 가져가야지."

"네?"

동네 골목 길모퉁이에 있는 슈퍼마켓 아주머니가 숨 가쁘게 뛰어오며 불렀다.

"학생 엄마가 신신 당부하며 맡겨 놓고 갔는데 하마터면 못 전할 뻔 했네."

"왜요? 아줌마!"

"몰라, 무슨 일이 생긴 것 같긴 한데. 어쨌든 방안에 쪽지를 적어 놓았다고 하던가? 어디 병원에 간다면서."

나래가 집에 올 시간이면 무슨 일이 있어도 집을 비우지 않는 엄마가 무슨 일로 슈퍼마켓 아줌마에게 열쇠까지 맡겨놓고 나갔단 말인가?

대문 열쇠를 받아든 나래는 집을 향하여 부리나케 달려갔다.

허둥지둥 현관문을 열고 들어온 나래는 맨 먼저 거실을 한 바퀴 빙 둘러보았다. 어느 때와 다를 게 없었다. 언제나 깔끔하게 정리 정돈이 잘 되어있는 집안에서 새삼스럽게 엄마 냄새가 진하게 코를 찌르는 듯 했다. 슈퍼마켓 아주머니의 전하는 말이 생각나서 얼른 주방으로 들어가 보았다.

식탁 위에 쪽지가 있었다. 접지도 않은 연습 종이에 휘둘러 쓴 글씨를 보며 나래는 금방 불길한 예감이 들었다.

'혹시 엄마에게 무슨 일이 생겼나? 어디가 아프신 건 아니겠지? 왜 병원엔 가셨을까?'

편지를 읽기도 전에 손이 부들부들 떨렸다. 요사이 엄마한테 짜증만 부리고 걱정을 끼쳐드린 것이 화근이 되지나 않았는지 코끝이 찡해지고 눈물이 핑 돌았다.

'나래야! 놀라지 마라. 방금 병원으로부터 연락을 받고 급히 나간다. 언니가 교통사고로 좀 다쳤다고 하는데 자세한 것은 가봐야 알겠구나. 큰 사고는 아닌듯하니 초조하게 생각지 말고 차분하게 공부를 하고 있으렴. 공부가 안 되면 음악 감상이나 책을 읽는 것도 괜찮겠지? 줄인다. 널 사랑하는 엄마가.'

나래의 가슴이 또 한바탕 방망이질을 쳤다.

'언니가? 우리 언니가? 어디를 어떻게 다쳤다는 말인가? 이건 모두 나 때문일 거야. 내가 심통을 부리고. 아니야, 혹시 내가 언니의 일기장을 몰래 본 것이 잘못된 원인인지도 몰라. 언니가 그걸 알고 다른 생각을 하면서 길을 걷다가? 하지만 그런 시시한 일로 마음 쓸 언니는 아니야. 그럴 리는 없어. 그렇다면, 권 선생님이나 우람이 일로? 맞아, 어쩌면 그 사람들과의 관계 때문에 복잡해진 생각으로?'

나래의 상상과 추리는 끝이 없었다. 자상한 엄마 말대로 공부를 한다거나 독서를 아니면 음악 감상을 한다는 건 도저히 가능할 것 같지가 않았다.

병원 이름이라도 적어 놓았어야 당장 쫓아가기라도 할 텐데. 나래는 어찌할 줄을 몰라 거실로 나와 이쪽저쪽으로 왔다 갔다 하며 서성대기만 했다.

주방 옆에 있는 창문을 열었다. 권 선생님이 하숙하고 있는 2층집 창문이 보였다.

'권 선생님은 이 사실을 알고 계실까? 알면 얼마나 걱정하실까? 우람이도 알고 있을까?'

나래는 우람이 생각이 나자 곧 정숙에게로 전화를 걸었다.

"나야, 너 혹시 우람 오빠 전화번호를 알고 있니?"

"뭐라고? 며칠 전에 만났을 때는 아무 소리도 못하던 애가 왜 또 전화번호를 알려 달래?"

정숙이는 다짜고짜로 어린 동생을 나무라듯이 호통을 치는 것이었다.

"그게 아니라 우리 언니가 교통사고로 병원에 입원했거든! 난 우람이가 진짜로 우리 언니가 찾고 있는 학생이라면 연락처라도 알고 싶어서."

"뭐? 나래야, 방금 뭐라고 했니? 너의 언니가 병원에? 그래 어디를 다쳤는데?"

"나도 잘 몰라. 우리 엄마의 쪽지만 읽었을 뿐이야. 큰 사고는 아니라고 했지만 아무 것도 손에 안 잡힌단다."

"그야 그렇겠지. 어느 병원인데?"

"그걸 알면 내가 너에게 전화를 했겠니?"

"요런 맹꽁이, 알았다. 알았어. 우선 네 마음을 위로 받고 싶어서 전화했구나?"

"응."

"그렇다면 우람이 오빠한테는 좀더 알아보고 나서 전화를 하거나 알리는 게 나을 것 같구나. 안 그러니?"

"응, 네 말이 맞아."

나래는 공연한 생각을 말해가지고 또 정숙한테 설득을 당하고 있는 자신이 정말 바보처럼 느껴졌다.

하지만 이 세상에 정숙이 만큼 자기를 잘 이해해 주고 어려운 일이 생길 때마다 사리 판단을 하여 따끔하게 충고를 해주는 친구도 드물 것이라는 생각이 들자 여간 고마운 게 아니었다.

"잘 있어. 내일 만나서 이야기하자."

나래는 열없어 하며 수화기를 놓고 자기 방으로 들어가 피아노 앞에 앉았다.

곡이 틀리든 말든 쇼팽의 '이별곡'과 베토벤의 '비창'을 정신없이 두들겨댔다.

엄마의 극성에 못 이겨 유치원 때부터 작년 이맘때까지 줄곧 다니던 피아노 학원을 그만둔 것이 조금 아쉬웠다. 이럴 땐 아름다운 멜로디를 듣기 위함보다는 히스테리를 발산시키는 쪽이 훨씬 낫다고 생각했기 때문이다.

아마도 나래가 외고에 가겠느냐는 엄마의 물음에 아니라고 대답했다면 지금도 피아노 학원에 다니며 그 지긋지긋한 연습을 계속 했어야 됐을 것이다.

나래는 초조하고 지루한 시간을 메우기 위해서 엄마 말대로 오디오를 틀었다.

엄마가 오전에 감상했던 건지 CD판에서 비발디의 '사계'가 조용히 흘러나왔다.

"따르릉! 따르릉!"

차라리 영실이처럼 예고나 간다고 할 걸 그랬나 싶은 생각도 해보며 스르르 잠이 들려고 하던 차에 전화벨이 울렸다.

"여보세요. 누구세요?"

"응, 나다. 아빠야. 우리 나래 일찍 들어왔구나. 집엔 아무 일 없지?"

"네, 아빠, 그런데 언니가."

"알고 있어. 여기 병원에서 전화하는 거란다. A병원 입원실이야."

"아빠, 언니 많이 다쳤어요? 어디서 어떻게 그랬대요? 언니 지금 말은 할 수 있어요?"

나래는 궁금한 것을 빨리 알아내고 싶어서 아빠가 대답할 틈도 주지 않고 한꺼번에 여러 가지를 숨차게 여쭈었다.

"아빠, 언니 괜찮아요?"

"걱정하지 마. 불행 중 다행으로 한쪽 다리만 골절상이라니까 곧 퇴원할 수 있을 거야."

아빠는 침착하게 말했지만, 기운이 쑥 빠져 있음을 느낄 수 있었다.

"아빠, 저도 가보면 안 될까요? 몇 호실이에요?"

"307호실! 하지만 넌 집에 있어. 조금 있다가 아빠가 들어갈 테니까."

"지금 엄마는 어디에 계시는데요?"

"그야, 언니 옆에 있지. 며칠 간호하면서 병원에 있어야 하지 않겠니?"

아빠는 마치 나래의 속마음을 알아내려는 듯 확인하는 것 같았다.

"네, 그럼요. 저도 다 컸어요. 제 걱정은 조금도 하지 마세요. 제가 알아서 할 테니까요."

"허허허! 그 녀석, 알았다. 그만 끊으마."

"참 아빠! 할 말이 있어요."

"뭔데, 어서 말해 보렴."

나래는 불현듯 권 선생님을 생각해내고 아빠를 불렀지만 차마 그 말을 꺼낼 수가 없었다.

"됐어요, 아빠."

"녀석도 싱겁긴. 문 꼭 잠그고 있어!"

전화기를 놓자마자 나래는 다시 창문을 열고 권 선생님이 지내는 방에 불이 켜져 있나를 살펴보았다.

'오늘 같은 날 어디서 무얼 하시며 이렇게 늦게 들어오시는 거야?'

나래는 공연히 권 선생님이 야속하다는 생각이 들었다.

'언니를 진정으로 좋아한다면 전화라도 한번쯤 집으로 하는 게 도리가 아닌가 말이다. 그렇다면 내가 이러한 급한 상황을 알려줄 수도 있고. 아차, 내 정신 좀 봐. 그 학교는 자율 학습을 밤 열두시까지 한다고 했지! 그걸 깜박 잊었네.'

나래는 냉장고에서 우유를 꺼내어 먹고는 재빨리 밖으로 나와 대문을 걸었다.

"정숙아, 정숙이 있니?"

인터폰으로 나래의 목소리를 들은 정숙이 슬리퍼를 끌며 나왔다.

"정숙이 너 벌써 학원 갔다 왔니?"

"그럼, 지금 몇 시인데? 밤 10시가 넘었잖아."

"어머나, 난 시간 가는 줄도 모르고 있었네."

그제야 손목에 차고 있던 시계를 보며 나래가 빙그레 웃었다.

"그런데 웬일이니? 병원에선 아무 소식 없었어?"

"응, 조금 전에 우리 아빠한테서 전화가 왔었어. 입원실도 알아냈고."

"그래 많이 다쳤다던?"

"한쪽 다리만."

"응, 천만다행이다."

정숙이는 또 제법 어른스럽게 혀까지 쯧쯧 차며 말했다.

"무서워서 왔니? 날 데려가려고?"

"아니."

나래는 고개를 좌우로 흔들었다.

"아니라면 전화로 하지 않고 왜 직접 온 거야?"

"우리 D외고에 함께 가면 안 되겠니?"

"D외고에? 이 밤중에?"

"응, 권 선생님께 이 사실을 하루 빨리 알려 주고 싶어서."

"와. 나래 양! 너에게 '천사의 미소'가 찾아든 거니? 너, 네 언니를 질투하고 있었다는 거 거짓말이었구나. 진심이니? 선생님과 언니 사이에 사랑의 구름다리를 놓으려는 착한 아가씨. 어쩌면 넌 저 하늘에서 떨어진 별나라의 공주가 아니니?"

"장난 말 그만하고. 어쩔 테냐? 갈래 안 갈래?"

"가야지. 의리의 마정숙이 모처럼 정식으로 데이트를 청해 온 강나래 양의 부탁을 어찌 거역하겠는고. 잠깐 기다려. 외출복으로 갈아입고 신발도 갈아신고 나올게."

정숙이 다시 안으로 들어갔다.

잠시 후 나래와 정숙은 손을 꼭 잡고 D외고로 가는 언덕길로 걸어 올라갔다.

"선생님이 학교에 계실까? 우람이 오빠도 만날 수 있을지 모르겠구나."

"맞아, 우람 오빠도. 난 권 선생님만 생각했었는데. 넌 확실히 나보다 머리가 좋아."

"그러지 않아도 돼. 널 위해서 내가 가주는 게 아니라 내가 가고 싶은 곳이라서 가는 것뿐이니까. 학원도 안 다니면서 전교 1, 2등 하는 우등생이 누구보고 머리가 좋다고 하니?"

"아니야, 난 학교 공부만 그렇지. 넌 세상일을 나보다 훨씬 빨리 아는 것 같아. 여러 번 느낀 거지만."

"그렇다면 내가 너보다 더 약삭빠르다는 뜻이겠지. 넌 순수하니까. 난 그런 네가 좋고."

"하하하하!"

둘이는 우정을 넘어서 친자매보다 더 진한 정을 느끼며 서로를 마주 바라보았다.

"난 너하고 이렇게 비밀도 없는데 우리 언니한테는 왜 그렇게 쌀쌀하게 대하는지 나도 모르겠어, 한편으론 우리 언니가 참 안되었고 가엾은 생각이 들면서 말이야."

"아니다. 넌 진실로 너희 언닐 사랑하고 있는 거야. 오늘 밤만 해도 그렇지. 너의 착한 마음에 내가 감동되어 이렇게 경호원처럼 옆에서 걷고 있잖니?"

둘이서 이야기하며 걷는 사이에 벌써 D외고에 다다랐다.

"어디로 가야 선생님을 만날 수 있을까?"

"저기 가운데에 교무실이 있다. 그리로 가보자."

나래와 정숙이는 발뒤꿈치를 들고 살금살금 소리 나지 않게 걸었다. 긴 복도를 끼고 양쪽에 있는 교실에서 쥐죽은 듯 조용히 책을 보고 있는 학생들이 마치 고시 공부를 하는 양 모두 책상에 바짝 엎드려 있었다.

교무실에는 단 한 분 선생님만이 어떤 학생과 상담을 하고 있었다.

"선생님, 권영일 선생님이 지금 어느 교실에 계시는지 알 수 있을까요?"

노크를 하고 들어간 나래가 공손하게 묻자 그 남자 선생님은 정숙과 나래를 위아래로 훑어보며 말했다.

"지금까지 학교에 계시는 선생님은 몇 분 안 되시지. 각 학년의 감독 선생님만 순번제로 계시니까. 그런데 어린 여학생들이 이 밤에 어쩐 일이지?"

"네, 긴급히 전할 말씀이 있어서요. 그럼, 혹시 이우람이라는 오빠를 만날 수는 없는지요?"

"이우람?"

그 선생님은 매우 언짢은 얼굴을 하며 되물었다.

"저희 오빠거든요. 좀 만났으면 해서."

정숙이 어울리지 않게 애교를 떨며 말을 하자 그 선생님은 자리에서 벌떡 일어서며 큰소리로 호통을 쳤다.

"이놈들, 빨리 집으로 못 가겠니? 요즘 녀석들은 여학생들이 남학생을 쫓아다닌단 말이야. 여기가 어딘 줄 알고 함부로 들어와서 떠드는 거야?"

나래와 정숙이 그만 깜짝 놀라서 뒷걸음질을 치며 교무실을 빠져 나왔다.

"하마터면 우리가 불량소녀로 파출소에 넘겨질 뻔했지?"

정숙은 배를 움켜잡고 낄낄낄 웃었다.

"가만히 있어 봐. 벌써 열한 시잖아. 이거 큰일났네. 우리 아빠가 곧 집으로 들어오신다고 했었는데. 내가 대문을 밖에서 잠그고 왔어. 빨리 뛰어가자. 어서!"

나래는 갑자기 제 정신이 돌아온 사람처럼 정색을 하고 언덕길을 뛰어 내려왔다.

"나도 모르겠다. 너 때문에 나까지 달밤에 체조한 거지 뭐. 잘 가!"

정숙이 자기 집으로 가는 골목길에서 잘 가라는 인사말을 했는데도 나래는 그냥 앞으로만 달렸다.

'정말 나야말로 철부지임에 틀림없어. 왜 그럴까? 내가 왜 이러는지 모르겠어. 우리 언닌 병원에 입원해 있는데. 그걸 핑계로 해서 권 선생님을 마나러 가다니 정숙이마저 끌어들이고. 난 나쁜 애야. 정숙아, 미안하다!'

대문 앞에 도착하여 아직 아무도 오지 않은 것을 확인한 나래는 그제야 정숙이한테 미안한 마음을 가졌다.

'오늘 너무 늦었어. 내일 만나서 사과해야지. 하지만 난 진정으로 권 선생님에게 언니의 사고 소식을 알려주고 싶었던 거야. 사랑하는 사람들끼리라면 기쁠 때보다는 슬플 때 더 가까이 있어줘야 하지 않을까? 그렇다면 난 뭐야, 우리 언니를 사랑한다면 그리고 입원실 호수도 알아냈으면 그곳으로 먼저 달려갔어야 했는데…'

나래는 자꾸만 자신이 미워져서 이리저리 서성대다가 언니 방 앞에서 멈춰 섰다.

언니의 일기장을 다시 꺼내어 보고 싶은 마음이 일었기 때문이다.

권 선생님과는 얼마나 가까워졌으며 우람 오빠와는 정식으로 만났는지. 그리고 어떤 이유에서 만나고 싶어 하는지 아직도 풀려지지 않은 수수께끼의 답을 알아내고 싶었다.

20. 사랑의 구름다리

"띵동!"

나래가 대문을 따 주자 아빠는 나래를 꼭 껴안아 주었다.

어쩌면 언니가 입원하여 아픈 마음을 이렇게 표현하고 있는지도 모른다고 나래는 생각했다.

"언니, 좀 어때요?"

"응, 괜찮아. 수술이 잘 되어서 천만 다행이야."

"네? 수술을 했어요?"

"그래. 세 시간 동안이나 받았는걸. 아빠는 그 소식을 듣고 나서 하늘이 노래지더구나. 너희 엄마가 애썼어. 나래야, 난 너희 언니가 불구가 되면 어쩌나 하고 얼마나 마음 졸였는지."

아빠는 금세 눈물을 글썽이며 목멘 소리를 하였다.

"불구요? 언니가요?"

"글쎄, 수술이 잘 되어서 괜찮을 거라니까 마음을 놓았지."

"아빠, 난 아빠가 눈물을 보이는 걸 태어나서 처음 봤어요."

나래의 말에 아빠는 겸연쩍게 웃으며 손수건을 꺼내어 얼굴을 쓱쓱 문질렀다.

"내일 오후엔 저도 가볼래요. 아빠!"

"넌 면회 허락이 날 때까지 참으렴. 엄마가 매일 아침 시간엔 집에 올 테니까."

"누구의 허락이어요? 언니의?"

"아니, 엄마가 허락하면 말이다. 언니의 상태가 어느 정도 좋아지면 가보는 게 낫지."

"알겠어요. 엄마와 아빠는 제가 언니를 미워하는 줄 아시고 그렇게 생각하시는 거죠? 천만에요. 나도 이 세상에 하나밖에 없는 우리 언닐 하루 속히 만나고 싶어요!"

나래가 토라지며 야무지게 말대답하자 아빠는 한참 동안 멍하니 서서 아무 말도 못하고 있었다.

"난 아까 언니가 다친 걸 제일 먼저 권 선생님께 알려주려고 D외고에까지 갔었단 말이에요."

"우리 나래가? 그런 생각을 했단 말이지?"

아빠는 고개를 여러 번 끄덕이고 나서 나래의 손을 끌어당겨 소파에 앉게 했다.

"그러면 그렇지. 우리 똑똑한 나래가 언니를 싫어할 리가 있겠나.

참, 그런데 권 선생님은 벌써부터 병원에 와 계시는 걸!"
 "네에? 병원에요? 어떻게 아시고요?"
 나래는 권 선생님의 기동력에 놀라지 않을 수 없었지만, 그보다도 언니의 애인임에 틀림없다는 생각이 들어 안도의 숨을 길게 내쉬었다.
 "그건 엄마가 아빠 회사로 전화를 했다가 내가 자리에 없으니까 D외고로 연락해서 권 선생님을 오시게 한 거란다. 언니가 수술실에 들어가기 전에."
 "그랬군요. 난 그런 줄도 모르고. 참, 우람이라는 외고생도 거기에 와 있어요?"
 "우람이? 그 학생이 누군데?"
 "아녜요. 아빤 모르는 사람이에요. 그냥 물어 봤어요."
 "아, 글쎄 나랑 언니가 모르는 사람이 왜 거기 찾아오겠느냐 말이다."
 아빠는 이해가 안 간다는 듯 다시 물었으나 나래는 생긋 웃으며 안방으로 들어가 아빠의 잠자리를 살펴보고 나왔다.
 "아빠, 편히 주무세요!"
 나래가 자기 방으로 건너가려고 할 때 아빠가 혼잣말처럼 중얼거렸다.
 "세상엔 어려운 사람들도 참 많더구나. 우리 동네에서 그렇게 가까운 곳에 그런 마을이 있었다니."
 "네? 그게 무슨 말씀이세요?"
 "글쎄, 오늘 재개발 지역을 돌아보는데 긴고랑이라고. 여기에서 멀지않은 동네인데."

"아빠! 긴고랑이 재개발 되나요?"

"그래, 너도 그 동네를 아니?"

"네. 가본 일이 있어요. 우리 반에, 아니 제 짝이 그 마을에 살고 있거든요."

"거기서도 이쪽 학교에 다닌단 말이지?"

"그럼요. 저희 반에도 세 명이나 있어요."

"음."

아빠는 입을 한 일자로 꼭 다물고는 고개만 끄덕끄덕하였다

"아빠, 그 마을에 아파트가 들어서나요?"

아빠는 대답 대신 계속해서 고개만 끄덕이는 것이었다.

"그 사람들은 어디로 가고요? 아빠네 회사에서 공짜로 집을 지어주지는 않을 거 아니에요?"

"나래야, 그만 들어가 자거라. 내일 학교에 갈 일도 생각해야지."

그러고 보니 나래는 지금껏 언니에 대한 걱정을 하던 것이 어느새 긴고랑에 사는 친구들의 걱정으로 바뀌어 아빠에게 따지듯 매달리고 있지 않는가.

"네. 그 마을 사람들이 피해를 입지 않았으면 좋겠어요."

나래는 아빠를 원망스러운 눈으로 바라보면서 말했다.

"이 녀석도, 그 일이 그렇게 쉽게 되는 줄 아니?"

아빠는 시원치 않은 대답을 하면서 담배를 꺼내 입에 물었다.

나래는 잠자리에 들기 전에 일기장을 꺼내 놓고 하느님께 기도를 올렸다.

'우리 언니가 하루 속히 건강한 몸으로 돌아올 수 있도록 하느님 지켜주세요.'

조간신문이 들어오기 전에 엄마가 나래의 방문을 열었다.

"엄마, 언니는?"

"응, 괜찮아!"

새벽 공부를 하던 나래가 벌떡 일어서서 나오자 엄마는 나래를 꼭 껴안아 주었다.

"언니가 정신은 들었나요?"

"물론이지. 그렇지만 얼마나 아파하는지 어젯밤엔 언니도 나도 한잠도 못 잤단다. 새벽녘에 잠깐 눈을 붙이는 걸 보고 이렇게 달려온 거야. 네 도시락 때문에."

"집안일은 제가 해도 되잖아요."

"네가 도시락 반찬까지?"

"그럼요, 김치에다가 계란말이면 훌륭하지요."

"말은 잘하지, 알았다. 어서 학교 갈 준비나 해!"

"네, 오늘 오후엔 저도 병원에 가봐야겠어요."

"……."

엄마가 대답을 안 하자 나래는 은근히 화가 났다.

"엄마!"

나래가 힘을 주어 또 엄마를 부르자, 엄마는 천천히 고개를 돌리며 말했다.

"언니 많이 아파. 좀 더 회복된 뒤에 가 봐도 늦지 않아."

"엄마, 제가 그토록 철없어 보이나요? 언닐 괴롭힐 것 같아서요?"

"아니야. 환자는 안정을 취해야 하니까 떠들썩한 것보다는 조용한 게 낫지."

"좋아요. 그렇다면 언니가 퇴원할 때까지 병원엔 얼씬도 안 하겠어요."

"네 마음 내키는 대로 하렴. 오늘이라도 가보던지. 아마도 한 달은 넘게 입원해야 될 테니까."

"그렇게나 오랫동안?"

"그러니까 천천히 가도 된다는 게 아니냐."

식탁 위에 반찬이 거의 다 올라온 것 같아 나래는 안방 문을 노크했다.

"아빠, 식사 하셔야지요."

"아빤 병원에 가 계셔. 나하고 교대하신 거란다."

"네? 아빠가 언제 나가셨어요? 난 모르고 있었는데."

"네가 깰까 봐 살금살금 나가셨겠지, 뭐."

"대문도 안 잠그고요?"

"아빠한테도 열쇠가 있지."

"그래요? 그런 줄도 모르고 난 어젯밤 정신없이 달려 왔었네."

나래가 혼잣말로 중얼거리자 엄마가 눈을 돌려 물었다.

"어젯밤에? 어딜 갔었는데?"

"아니에요. 그냥 정숙일 만나러."

엄마에겐 외고에 갔다 왔다는 말을 하지 않았다. 분명히 야단을 맞을 것 같았다.

"엄마, 권영일 선생님이 병원에 오셨어요?"

"응, 나 나올 때 함께 나오셨어."

"선생님도 병원에서 밤을 새웠단 말이어요?"

"그랬어. 병원 복도 벤치에서."

엄마는 눈 하나 깜짝하지 않고 당연하다는 듯 태연하게 대답하였다.

"와아! 대단하다. 엄마, 권 선생님과 언니 사이가 보통은 넘죠?"

"녀석도 보통은 무엇이고 넘은 건 무엇이니?"

엄마는 나래의 엉뚱한 질문에 살며시 미소를 지으며 하던 일을 계속했다.

"엄마, 둘이서 결혼한다면 허락할 거예요?"

"두고 봐야지. 언니가 대학 졸업이나 하고 나서. 너희 선생님이 다리를 놓아준 거니까 틀림없겠지만, 요즈음 그런 젊은이도 흔치는 않을 것 같더라."

"네? 엄마, 우리 선생님이 다리를 놓아주다니요?"

"응, 그렇게 됐어."

나래는 도시락 주머니에 반찬통을 넣으려던 엄마의 손을 아예 꼭 붙들고 이야기를 마저 해달라며 졸랐다.

"넌 왜 그렇게 무슨 일이든지 뿌리를 뽑으려고 하니? 어렸을 때는 귀엽고 신통하더니만, 이젠 너무 그래도 귀찮다!"

엄마는 마치 친한 친구끼리 말을 놓고 하듯 나래에게 살짝 눈을 흘겨주며 도시락을 현관에다 갖다 놓고 왔다.

"우리 선생님과 권영일 선생님이 어떻게 알아요? 권 선생님이 떠나시면서 우리 선생님이 발령 받고 오셨는데…."

"글쎄, 그렇대도. 너희 담임 선생님이 권 선생님을 직접 가르쳤단다. 어디 시골 고등학교에서라던가? 아주 공부도 잘하고 착실한 우등생이었다나 봐."

"알다가도 모르겠네. 점점 머리가 복잡해져요. 우리 선생님이 처녀라면서요? 엄마, 그렇게 말씀하셨죠?"

나래는 머리를 좌우로 흔들며 어리둥절한 표정으로 식탁 위에 놓인 주전자에서 물 한 컵을 따라 꿀꺽꿀꺽 마셨다.

"처녀가 무슨 상관이야? 너희 선생님이 나하고 동창생이니까 마흔이 훨씬 넘었을 권 선생님만한 제자가 있고도 남지."

"그러니까 우리 선생님이 제자인 권 선생님과 동창생 딸인 언니 사이에 사랑의 구름다리를 놓아주셨단 말이에요?"

"무얼 그렇게 중얼거리고 있어? 어서 아침이나 먹지 않고."

엄마의 독촉 때문에 수저를 들고 밥을 먹긴 했지만, 나래는 무슨 반찬이 어떠한 맛을 내는지 전혀 구분이 안 갔다.

"엄마, 우리 선생님과 자주 만났어요? 그리고 우리 집 이야기도 다 털어놓고?"

"자주 만나긴. 전화로야 이따금씩 안부는 묻지. 참 언젠가 우리 집에 다녀간 일이 있었어. 너희 언니도 만나서 이야길 나누었고."

"그러니까 우리 선생님도 보통 사람에 지나지 않아. 어쩌면 그렇게도 시치미를 뚝 떼고 나한테는 감쪽같이."

"또 시작이니? 이번엔 무엇이 마음에 안 드시나?"

엄마는 현관문을 밀고 나가는 나래의 등에다 대고 잘 다녀오라는 말을 잊지 않았다.

20. 사랑의 구름다리

미진이가 오랜만에 자리에 와 앉았다. 나래는 손을 내밀어 악수를 청했다. 미진도 빙그레 웃으며 손을 내밀었다.

영실이 먼저 미진이 옆으로 와서 말을 걸었다. 미진인 몹시 미안하다는 표정을 지으며 정식으로 사과를 했다.

"앞으론 학교에 빠지지 말고 나와. 그래야 너도 상급 학교에 진학할 수 있지 않겠니?"

쉬는 시간에 미진에게 나래가 말했다.

"난 고등학교엔 안 갈 거야. 중학교 졸업장만 받아가지고 공장 같은 데에 취직할 테니까."

"그래도 고등학교는 나와야지 상업 고등학교에서 주산, 부기 등을 배워 자격증도 따고. 그래야 은행이나 개인 회사의 경리과에 취직을…"

"그만해! 누군 그 정도도 모르는 줄 아니? 난 너희들과는 형편이 달라. 참 너도 우리 집에 왔다 갔다면서? 난 지금도 육성회비 때문에 서무실에 불려다니고 있어. 아직 1기분도 못 냈으니까."

"정말이니?"

"자존심 그만 건드리고 나가 봐! 공부를 하던지."

나래가 여러 번 다짐했듯이 미진이 학교에 나오는 날부터 보다 친절하게 대하겠다는 자신의 생각이 어쩌면 잘못된 것인지도 몰랐다.

"미안해! 난 그런 뜻이 아니었는데."

미진이 대답 대신 고개를 돌려버렸다.

오후에 서둘러 집으로 와서 책가방을 던져 놓고 나래는 언니가 있는 A병원으로 찾아갔다.

"똑똑!"

용돈을 털어서 사온 장미꽃 몇 송이와 안개꽃을 들여다보며 나래는 문이 열리기를 기다렸다.

"누구세요? 아니 너 혼자 왔니?"

입원실 문을 열어주며 황당해 하던 엄마는 금세 웃음 띤 얼굴로 어서 들어오라고 했다

"언니!"

"잠이 들었어. 거기 보조 의자에 앉아 있어라."

엄마는 나래가 가져온 꽃다발을 꽃병에 꽂으며 보조 의자를 가리켰다.

나래는 언니의 얼굴을 가만히 들여다 보았다. 비록 한쪽 다리에 깁스를 하여 붕대로 칭칭 감겨 있을지라도 언니는 매우 평화롭게 잠자고 있었다. 나래는 언니의 하얗고 보드레한 얼굴에서 마치 어린애와 같은 아니 천사의 모습을 보는 것 같았다.

"엄마, 우리 언니 정말 미인이지요?"

나래가 또 엉뚱한 말을 꺼내자 엄마는 대답 대신 나래에게 주스 한 컵을 건네주고는 밖으로 나갔다.

잠시 후 언니가 눈을 떴다. 언니는 나래의 손을 꼭 잡아주었다. 나래는 자기도 모르게 글썽이는 눈물을 들키지 않으려고 한참 동안 눈을 깜박거렸다.

"언니, 많이 아프지? 빨리 나아서 건강한 몸으로 퇴원하게 해달라고 밤마다 하느님께 기도드릴게."

언니는 아무 말도 안 하고 다시 눈을 감았다. 나래는 언니의 눈가

로 흐르는 가느다란 물줄기를 놓치지 않았다.

　더 이상의 말이 필요 없었다. 어머니의 걱정대로 나래가 언니 곁에 계속 있어 가지고 좋은 일은 없을 듯했다.

　"언니, 다음에 또 올게. 편히 쉬어."

　언니의 마음과 나래의 마음이 서로 통했으면 되었지 이젠 누구를 원망하고 앞뒤를 가려 따질 이유가 전혀 없었기 때문이다. 언니는 들었는지 못 들었는지 꼼짝도 안 했다.

　"벌써 가니? 언니와 이야기도 안 나누고?"

　엄마는 뜻밖이라는 듯 의아한 얼굴로 물었다.

　"엄마, 집은 걱정 말고 언니 간호 잘해 주세요."

　제법 어른스럽게 부탁을 하는 나래를 배웅하러 엄마는 엘리베이터 앞까지 따라왔다.

　"들어가세요, 언니 깨어 있으니까요."

　엘리베이터 문이 닫힐 때까지 서있는 엄마의 얼굴이 며칠 사이 매우 수척해졌음을 느낄 수 있었다.

　'누가 우리 엄마더러 나영 언니의 가짜 엄마라고 할 수 있을까?'

　잠깐 생각에 잠겨 있는 동안 엘리베이터 문이 열렸다.

　"어? 강나래? 언니한테 병문안을 왔었구나."

　엘리베이터 앞에서 반갑게 아는 체를 하는 사람은 나래의 담임 선생님인 최경진 선생님이었다.

　"선생님, 어떻게?"

　"응. 권영일 선생님한테서 전화 연락을 받았지. 그래, 넌 어서 가보렴!"

선생님은 안경 속으로 주름진 웃음을 보이며 엘리베이터를 타고 올라가버렸다.

'어째서 독신을 고집하셨을까? 저만하면 인물도 좋고 조건도 나쁘지 않은데.'

나래는 피익! 웃었다. 이번엔 또 선생님의 과거가 알고 싶어졌기 때문이다.

'난 왜 이렇게 호기심도 많고 궁금증도 많은지 몰라. 다른 아이들도 그럴까? 금방 기뻤다가 슬퍼지고, 좋았다가 싫어지고. 내 성격이 이상한 걸까? 아니면 정숙이 말대로 사춘기 몸살을 심하게 앓고 있는 걸까?'

나래는 스스로 자신이 좀 엉뚱하면서 너무나 공상이 많은 소녀임을 부인할 수 없다고 생각하였다.

'이젠 헛생각 그만하고 학업에만 열중할 거야. 그래야만 권 선생님과 우람 오빠가 있는 학교로 떳떳하게 시험을 봐서 들어갈 수 있을 테니까.'

나래가 집에 도착했을 때는 벌써 어두워져서 아무도 없는 집안 분위기가 썰렁하게 느껴졌다.

나래는 거실은 물론 방마다 모든 불을 켜 놓았다. 그리고는 소파에 앉아 TV 볼륨을 최대한 크게 키워놓고 채널을 맞추었다.

이렇게 울적한 날은 아무런 생각 없이 시청할 수 있는 코미디 프로가 가장 위안이 될 것 같았다. 유머와 재치로 사람들을 웃기는 그들의 달란트를 존중하면서 말이다.

21. 눈부신 아침 햇살

"박여옥, 축하한다. 네가 써낸 수필이 교육부장관상을 받게 됐어. 자, 여러분 우리 모두 여옥에게…."
 선생님의 말이 끝나기도 전에 반 아이들은 일제히 박수를 보내며 소리쳤다.
 "축하한다! 여옥아."
 "시골뜨기 만만세다!"
 "와아! 박여옥 파이팅!"
 "자, 여기 중학생 신문이다. 돌려들 보렴. 그리고 여옥이는 집에 가기 전에 교무실에서 나를 만나 보고 가겠니?"
 선생님이 한 장짜리 신문을 나래에게 건네주고 나가자마자 아이들은 우르르 맨 앞자리로 몰려왔다.

"봐라, 여기 우리 학교와 박여옥의 이름이 큰 글씨로 인쇄되어 나왔다. 우아! 진짜 촌뜨기가 하루아침에 출세했다, 얘!"

현희가 호들갑을 떨며 나래가 펼쳐든 신문을 낚아채듯이 빼앗아들고는 큰소리로 떠들어댔다.

"박여옥, 한 말씀 소감을 얘기해 보십시오."

지선은 여옥이 자리로 쫓아가서 마치 마이크라도 들고 온 것처럼 자기의 주먹을 여옥의 얼굴 앞에 바짝 들이대며 말했다.

"별로 잘 쓴 글도 아닌데. 어쨌든 축하해 주니 고마워."

여옥은 그저 약간의 눈웃음만 보일뿐 그렇게 신나서 기뻐하는 표정이 아니었다.

"무슨 당선 소감이 그 모양이니? 나 같으면 '하늘을 날것처럼 기분이 좋아요'라든지 '엄마, 저 당선 먹었어요. 기뻐해 주세요!'라고 말하겠다. 하기야 '벼는 익을수록 고개를 숙인다'더라. 좌우간에 너 한턱 단단히 내야한다. 알았지? 장학금도 타게 된다며? 얼마나 준다니?"

부반장인 화연은 조금은 부러운 듯 앞자리에 앉은 여옥일 바라보며 말했다.

아이들은 여옥이가 써낸 '눈부신 아침 햇살'이란 글 제목과 큰 글씨로 맨 위에 적혀있는 학교와 여옥이의 이름을 확인이라도 하듯 살펴보고 나서는 재차 고개를 끄덕이는 것이었다.

"야, 시치미 떼지 말고 말 좀 해봐!"

화연이 뒤에서 등을 쿡쿡 찌르며 조르는 바람에 여옥인 하는 수 없이 몸을 비스듬히 돌려 앉으며 대답했다.

"난 뭐가 뭔지 모르겠어. 다만 지난번 교내 백일장에서 뽑힌 글을 선생님이 잘 다듬어 가지고 제출하라고 해서 냈을 뿐이야."

"응, 그러니까 우리 선생님께서 신문에 실어주셨다 이거구나!"

"야, 너 어떻게 해서 보안경 아줌마한테 그토록 잘 보였니?"

정숙의 말에 이어 화연이 빈정대듯이 말을 하자 여옥은 다시 앞을 보며 바른 자세로 고쳐 앉았다.

"어디 내용 좀 읽어보자 얼마나 잘 썼는지?"

예은이 신문을 들고 자기 자리로 재빨리 가 앉자마자 기원이랑 정숙도 그 옆에 서서 함께 글을 읽어 내려갔다.

"세상에. 여옥이가 이런 애인 줄 몰랐네. 동생이 불쌍하다 그치?"

기원이 글을 읽는 도중에 혀를 쯧쯧 차며 말하자, 정숙이 기원의 옆구리를 쿡 찔렀다.

"여옥이 기분 나빠하면 어쩌려고 그러니? 조용히 해!"

"글로 써서 전국에다 알린 것인데 무슨 비밀이라고 말도 못하게 하니?"

"넌 왜 남의 입장을 그렇게도 이해할 줄 모르는 거야?"

"뭐야? 지금 누가 누굴 훈계하는 거니?"

"야야, 갑자기 무슨 일이 생겼니? 시끄러워서 읽을 수가 없잖아?"

예은이 읽던 신문을 반으로 접으며 기원이와 정숙일 올려다 볼 때였다.

"이리 줘, 그 신문. 너희들은 읽어 봤자 실감이 안 날 테니까 공연히 내 동생이 불쌍하니 뭐니 하는 말은 안 해줬으면 좋겠어. 너희들의 동정심을 사고 싶은 생각은 추호도 없단 말이야."

여옥이 달려들어 예은이 쥐고 있던 신문을 빼앗아 들고 서서 아주 냉정한 말투로 교실 분위기를 긴장시켜 놓았다.

아이들 중에는 영문도 모르고 여옥의 눈치만 살피는 아이도 있었고, 저희들끼리 눈짓을 하며 입에다 손가락을 대고 '쉿!' 하는 아이도 있었다.

"그래, 난 전학 온지 일 년도 안 된 시골뜨기야. 우리 집 형편이 좋지 않아서 고모 집에서 지내는 것도 사실이고. 하지만 내 동생이 시력을 잃고 앞을 못 본다는 이야기는 누구에게도 말하고 싶지 않은 비밀이었어."

말을 잇지 못하고 제자리로 가서 책상에 엎드려 어깨를 들먹이는 여옥에게 아무도 가까이 갈 용기를 내지 못했다. 아이들은 다 같이 아주 침통한 표정으로 여옥이 쪽을 바라만 보고 앉아 있을 뿐이었다.

그 때 영어 선생님이 들어오지 않았다면 누가 어떤 말을 먼저 꺼내야 할지 몰라서 한동안 침묵이 계속되었을 것이다.

"참, 박여옥! 네 글이 뽑혔다며? 축하한다. 이젠 영어 공부도 잘해서 매시간마다 서 있지 않도록 노력해 보겠니?"

영어 선생님의 말대로 여옥인 제법 똑똑한 편에 들었지만 항상 영어 과목에서 뒤져 있었기 때문에 영어 시간엔 기가 죽어 있었다.

"단어를 열심히 써가면서 외우라고 했지. 생김새는 멀쩡한 녀석이."

그래도 가장 젊은 총각 선생님인 영어 선생님은 아이들 모두에게 세심한 신경을 써주었으므로 학기 초나 지금이나 여학생들에게는 관심의 대상이다.

"오늘은 완전히 여옥의 날이었지? 들어오시는 선생님들마다 한 말씀씩 안 하신 분이 없지?"

"그럴 만도 하지 뭐. 얼마나 장한 일이니? 가만 있자, 나도 그 글을 읽어 보고 싶은데."

현관까지 나와서 신발을 갈아신으려던 나래가 갑자기 물건이라도 놓고 온 사람처럼 별안간 안으로 뛰어들어갔다.

"쟤가 또 별안간 무슨 일이야? 그럼 나 먼저 간다."

정숙은 나래의 뒤에다 대고 소리친 다음 천천히 운동장 쪽으로 걸어갔다.

"강나래, 웬일이야? 너희 선생님 안에 계신다."

호동 왕자인 체육 선생님이 나래의 머리를 쓰다듬어 주며 말했다.

"아니요. 저기 여옥과 함께 가려고 기다리고 있는 걸요."

"응, 그래? 정숙인 어떻게 하고?"

"네, 먼저 갔어요."

체육 선생님은 고개를 끄덕이며 씩씩한 걸음걸이로 나래 옆을 지나쳐 갔다. 이윽고 여옥이 풀이 죽은 모습으로 걸어 나왔다.

"여옥아, 같이 가자. 널 기다렸어."

"왜? 무슨 할 말이 있다냐?"

"그런 게 아니라 오늘 네 글이 실린 신문을 보고 싶었는데 읽지 못했거든 나도 좀 빌려보면 안 되겠니?"

"벌써 아이들한테 들었지 않냐? 뭐 새로운 뉴스거리라도 들어있을랑가 싶어서?"

여옥인 표준말도 썼다가 사투리도 썼다가 하면서 별로 반갑지 않게 답변을 하는 것이었다.

"아니야. 똑같은 소재를 가지고도 어떻게 표현하느냐에 따라 느낌이 다르지 않니? 네 글이 장관상을 타게 됐다니 우선 진심으로 축하해 주고 싶고 또 하나는…."

"또 하난 뭐야?"

"실은 나도 문학에 관심이 있거든! 글짓기 대회에 나가서 상도 타 본 적이 있고."

"한마디로 말해서 내 글을 평가해 보겠단 말이냐? 어느 정도 실력인가 보려고?"

"오해하지 마! 난 널 잘 모르고 지냈기 때문에 지금부터라도 친하게 지냈으면 하는 마음이야. 네가 싫다면 그 신문 안 빌려 줘도 좋아."

나래가 그만둘 뜻을 보이며 한 걸음 먼저 밖으로 나오자, 여옥인 책가방에서 신문을 꺼냈다.

"진정으로 그렇다면 갖다 읽어봐. 다른 애들이라면 안 빌려줄 텐데 너니까 빌려주는 거야."

신문을 내밀며 살짝 웃는 여옥의 한쪽 볼에 보조개가 예쁘게 생겨났다.

"너의 부모는 모두 시골에 계시니?"

"응. 농사를 짓고 있어."

여옥인 그리움이 가득 담긴 눈으로 노을이 물드는 서쪽 하늘을 한참동안 물끄러미 바라보는 것이었다.

"너희 고모 댁은 어디에 있는데?"

"응. 버스를 한번 갈아타고 가면 돼. 어린이 공원의 정문 쪽에 있거든."

"그렇게 먼 데서 다녔어?"

"멀기는 뭐가 머니? 우리 시골에서는 한 시간도 넘는 곳까지 걸어가야만 읍내가 나오는데. 그 곳 읍내에 있는 중학교까지 다니는 걸, 뭐."

"힘들지 않아? 또 고모네 식구들이 너에게 잘 대해 주시니?"

"괜찮아. 난 우리 고모 때문에 중학교라도 마칠 수 있게 되었으니까. 우리 아버지는 학교고 뭐고 다 때려치우라 하시는데. 그만 하자. 우리 집 생각을 하면 머리가 아파온다야."

"참, 네 동생은?"

"내가 쓴 글을 읽으면 돼. 그 이상은 이야기 하고 싶지 않대도."

"그래 알았어. 그럼 내일 만나자!"

나래는 돌층계로 내려오며 앞으로만 곧장 걷고 있는 여옥에게 손을 흔들어 주었다.

나래는 집에 도착하자마자 여옥이가 써 낸 글을 읽기 시작했다.

눈부신 아침 햇살이 밉다. 세상 만물이 또렷이 모습을 나타내며 제각기 특징을 자랑삼아 드러낼 때, 나는 일부러 눈을 꼭 감아버린다. 우리 철이를 생각하면 가슴이 아프다.

어느 날인가 철이와 내가 마루에 앉아 해바라기를 하고 있었다.

"누나, 엄마, 아빠는 어디 가셨어?"

"응. 아침 일찍 논에 가셨어. 밥 갖다 줄까?"

"아니. 날씨가 참 따뜻해서 좋다. 누나, 지금은 어느 때인가?"

"응. 여름철 아침이야, 햇살이 눈부시게 우리를 비추어 주고 있단다."

"눈부시게? 그게 뭔데?"
"아니다. 해님이 그냥 따뜻한 빛을 우리들에게 비추어 주는 거다."
"해님은 동그랗다고 했지?"
"그래, 동그랗단다."
"빨간색이라고 했지?"
"응."
"빨간색은 또 장미꽃이라고 했지?"
"맞아. 저쪽 마당에 빨간색 장미꽃이 피어 있어. 내가 가서 꺾어다 줄게."
　우리 철이는 한번만 가르쳐주면 여간해서 잊어먹지 않는다. 내가 장미꽃을 꺾어다 주니까 철이는 손으로 더듬거려 만져도 보고 코에다 대고 냄새도 맡아 보았다.
"장미꽃은 잎이 없나?"
"왜, 있지."
"그런데 이것은 꽃송이만 있는데?"
　우리 철이가 장미꽃 가지에 붙어 있는 가시한테 찔릴까 봐 이파리와 가시를 떼어서 주었기 때문이다.

　여기까지 읽는 동안 나래는 자기도 모르는 가슴 뭉클한 무엇 때문에 글자가 어른거려 더이상 신문을 들고 있을 수가 없었다.
　갑자기 나영 언니가 보고 싶어졌다. 정말로 우애 있는 형제자매라면 누가 시켜서 되는 것이 아닌 것 같았다.
　'난 뭐야, 언니한테 깍쟁이 노릇만을 했을 뿐이지. 친언니인가 아닌가를 굳이 밝히려 하고. 박여옥처럼 그렇게 마음에서 우러나는 뜨거운 정을 한번이라도 나눈 적이 없었어. 지금 언니가 병원에 입원해 있는데도 내 다리가 부러져서 아픈 것처럼 그렇게 아파해본 적이 있

없느냐 말이다.'

양심의 가책이랄까 나래는 자기 자신을 처음으로 매섭게 채찍질했다.

일기장을 펴놓고 넋두리를 하며 반성하는 척 하는 것은 모두 위선이란 생각도 들었다.

'그렇지만 난 일기라도 써가면서 스스로의 생활을 다스려 나가야 해. 여옥이 같은 아이를 따라가려면 어림도 없겠지만….'

나래는 다시 중학생 신문을 펼쳐들었다.

오늘도 나는 새벽길을 달리며 신문 배달을 하고 있다. 고모네 식구는 말리지만 난 할 수 있다. 어떠한 역경이 닥치더라도 헤쳐나갈 용기가 있다. 직장을 가지고 있는 고모가 아침부터 바쁘게 서둘러 나가고 나면, 난 설거지와 집안 청소를 대강 해놓고 학교에 가곤 한다. 공부할 시간이 모자라서 안타까울 때가 한두 번이 아니다. 영어 단어와 한자는 자꾸만 쓰면서 외워야 한다는 말을 여러 번 귀가 따갑게 들어왔지만, 마음대로 되지 않는다. 물론 공부도 잘 해야 한다. 그렇지만 나에게 더 시급한 문제는 내 동생 철이의 눈을 뜨게 하는 일이다. 지난 가을 고모의 의견에 따라 철이를 데리고 서울에 큰 병원에 들르셨던 아버지의 얼굴빛을 잊을 수가 없다.

대수술을 해야 한단다. 꼭 성공한다는 보장도 없는데 돈이 너무 많이 들어가 올해 농사도 변변치 않게 지었는데 내년에 가서나 다시 생각해 봐야겠다던 아버지.

세 살 때인가 갑작스런 고열과 함께 한쪽 눈알이 돌아간 철이를 쉽게 고쳐 보겠다고 이웃 동네 돌팔이 의사에게 데리고 다닌 것이 잘못이었단다.

불쌍한 내 동생 철이의 눈을 아예 못 보게 만들어 놓은 그 가짜 의사는 쥐도 새도 모르게 어디론가 도망쳐 버렸고 시골에서 농사일만 등이 휘게 하고 있는 우리 부모들은 그것이 마치 철이의 운명인 것처럼 그 어떠한 말로도 표현할 수 없는 한을 가슴에 앉은 채 그냥 그대로 살아오고 있는 것이다.

철아, 이 누나를 믿어라. 어떠한 일이 있어도 네 눈을 살려낼 테니까.

내가 힘들어하며 학교 언덕길을 숨 가쁘게 오를 때면 어김없이 내 앞을 막아서는 것이 있다. 눈부신 아침 햇살이 나를 괴롭히며 달려드는 것이다.」

나래는 누군가가 현관문을 따고 들어오는 느낌을 받으면서도 여옥의 글에서 눈을 떼지 못했다.

남들은 떠오르는 태양을 보며 희망에 부풀고 새로운 기대에 가슴 벅차다. 하지만 난 그와는 정반대이다. 어쩌면 저놈의 아침 햇살은 눈부시게 내 곁으로 찾아와 나를 조롱하는지도 모른다.

'너의 그까짓 수고로 철이의 눈을 뜨게 할 수 있다고? 언제 어느 때? 이 바보야, 그건 인간의 힘으로는 부족해 차라리 교회를 다니며 하느님께 기도나 올리렴.'

내가 그렇게 생각하는 것은 눈부신 햇살이 내려오는 언덕에서 항상 마주치는 교회의 십자가가 보이기 때문이다.

하지만 난 교회라는 곳에는 가 본 일이 없다. 정말로 하느님께 기도하여 우리 철이의 눈을 뜨게 할 수만 있다면 당장 학교도 그만 두고 온종일 교회 안에 들어가서 두 손 모아 기도만 드리리라. 그리고 우리 철이에게 햇살의 눈부심이 어떠한 것인지를 알려 주고 싶다.

"나래야, 무엇에 그리도 열중하고 있니?"

깜짝 놀라 고개를 들었다. 아빠였다.

"어머나, 아빠 언제 오셨어요?"

"하하하, 우리 나래가 시치미를 뚝 떼고 아빠를 놀리려 드는구나. 이런 귀여운 녀석!"

아빠는 기분이 매우 좋은 듯이 나래를 끌어안으며 크게 웃었다.

"아빠, 저녁 식사는?"

"아, 우리 나래랑 함께 먹으려고 이리저리 피해서 일찍 들어왔지 않니? 자, 우리 나래가 저녁상을 차려볼래?"

"네, 아빠. 그런데 언니 병원에는 들르셨어요?"

나래는 식탁보를 벗기며 아빠를 향해 물었다.

"물론이지. 언닌 기분도 매우 좋은 편이야. 잘하면 한 달 안에 퇴원할 수도 있다니까. 여름 방학 동안만 잘 견디면 될 것 같더구나."

"잘됐네요. 아빠."

"참, 잘 된 건 그것뿐이 아니다."

"아빠, 무슨 좋은 일이라도 생기셨어요?"

"그래 네가 걱정하던 긴고랑 재개발 문제인데."

"아참, 아빠. 그건 어떻게 하기로 하셨어요?"

"아파트를 짓기로 했지. 그 곳 긴고랑에다가."

"네에? 그럼 잘된 일이 아니잖아요. 그 사람들은 전부 가난한 사람들이란 말이에요."

"아 글쎄, 그런 걸 모두 감안해서 아주 작은 평수의 영구 임대 아파트를 짓기로 했다니까."

"영구 임대 아파트요?"

"그래, 그 사람들이 죽을 때까지라도 눌러 살 수 있는 집이야. 정부에서 아주 싼 값으로 빌려주는 거란다."

"정말이에요? 아빠!"

나래는 자기 일처럼 기뻐하며 함박꽃처럼 활짝 웃었다.

"하지만 아빠, 아파트를 짓는 동안 그 사람들은 어디에 가서 살아요?"

"그야, 각자 해결해야겠지만 그 정도도 고생을 안 하고 어떻게 집을 얻을 수 있겠니? 그리고 네가 말한 네 짝의 아버지처럼 일자리가 마땅한 게 없던 분들은 그 공사장에서 여러 가지 일을 도우며 품삯을 받을 수 있으니 일거양득이 아니겠니?"

"와아, 우리 아빠 진짜 멋쟁이시다!"

나래는 아기처럼 두 팔을 벌리고 달려와 아빠의 볼에 뽀뽀를 하였다.

"그렇게도 좋으니? 이건 모두 우리 나래의 착한 마음씨 때문이다. 우리 회사의 사장님도 뜻이 있는 분이라서 존경을 받고 있지만."

"아빠, 정말 고마워요. 내 짝인 장미진도 고생을 많이 했어요. 그 동안 소녀 가장이었잖아요?"

"그렇지. 하지만 '쥐구멍에도 볕들 날이 있다'고 밝은 햇살이 그곳에도 비치는구나."

아버지의 말이 끝나기도 전에 나래는 소파에 있는 신문지를 가지고 와서 아빠 앞에 내밀었다.

"아빠, 여기 또 하나의 훌륭한 여학생이 있어요. 이 아이도 우리 반인데요. 저는 이런 친구가 한없이 자랑스럽지 뭐에요. 여옥인 틀림없이 훌륭한 사람이 될 거에요. 이 글 맨 밑에 적혀있는 것처럼 어려운 처지에 있는 이웃을 위해 남 몰래 봉사하는 사람이요."

아빠가 신문을 훑어보는 동안 나래는 저녁 준비를 하다 말고 계속 수다를 떨었다.

다음날 나래가 교실에 도착하자마자 화연이 기다렸다는 듯이 다가왔다.

"네가 여옥이 작품이 실린 신문을 가지고 갔니?"

"응, 왜?"

"나 좀 보여주지 않을래?"

"그야, 여옥이한테 물어봐야지."

"이미 여옥이랑 이야길 끝냈어. 어서 꺼내 봐!"

"잠깐 기다려."

나래는 신문을 꺼내며 여옥이 자리를 바라보았다. 자리가 텅 비어 있었다.

"여옥이와 이야길 했다면서?"

"그래, 전화로 했어. 우리 선생님이 어젯밤에 우리 집으로 전화를 하셨다는 사실 믿기지 않지?"

"그랬어? 왜 하셨는데?"

"넌 정말이지 '우물 안의 개구리'구나. 전안과! 못 들어 봤니? 종로에 있는…."

"아, 그 유명한 전안과. 너의 아빠가 운영하시는. 맞아, 언젠가 들었던 것 같아."

"어쨌든 이번 여름 방학 때 여옥이 동생을 우리 병원으로 데려와

보도록 했어. 눈이 안 보인다며? 아, 글쎄 엄마가 선생님의 전화를 받고 나서 나한테 자세한 것을 물어보는데 내가 알아야 대답을 하지. 어제 그 신문 내가 가져갔어야 하는 거 아니었니?"

"글쎄."

신문을 받아든 화연인 의기양양한 태도로 아이들을 둘러보며 제자리로 가 앉았다.

"화연아, 정말로 너희 병원에서 여옥이 동생의 눈을 고칠 수 있는 거니?"

기원이랑 예은이 화연의 옆으로 달려가서 묻는 말이다.

"확실히는 모르겠지만 우리 아빠 말씀에 의하면 선천적으로 눈이 멀지 않은 이상 성공할 가능성이 높다고 하셨어."

"야, 그럼 참 잘된 일이다. 드디어 여옥의 소원이 이루어지는 게 아니겠니?"

"그래서 누구나 한 가지 소질은 있어야 해. 여옥이 글을 잘 쓰니까 이래저래 금상첨화지 뭐야."

"하여튼 화연이네 아빠는 이 다음에 천당 가시겠다. 어둠속에 살고 있는 이들에게 밝은 광명을 안겨 주시니."

"그렇다면 나도 과학자가 되겠다는 장래 희망을 의사 쪽으로 바꾸어 볼까?"

화연을 둘러싼 아이들이 떠들썩하게 이야기를 주고받고 있는 동안 나래는 어젯밤에 정성껏 쓴 편지에서 두 통을 꺼내어 한 통은 여옥이 책상 속에, 또 한 통은 미진이 책상 속에 넣어 놓았다.

미진은 바로 옆에 앉는 짝이면서도 한 번도 진지한 대화를 나눠 본 적이 없었다.

나래는 여옥의 글을 읽으면서 말로써 나누는 대화보다도 글로써 표현하는 것이 얼마나 다른 사람의 마음을 움직이는데 커다란 힘을 발휘하는가를 깨달았기 때문이다.

지금 현재는 어려운 환경 속에서 남모르게 울어야 하는 그들이 먼 훗날 어른이 되어 행복을 누리며 멋진 삶을 살아가기 위해서 우선 용기와 희망이 필요할 것이다. 하지만 갈등이 심한 사춘기에 자칫하면 좌절하고 포기할지도 모를 일이다.

주위 사람들의 따스한 정과 격려만이 그들에게 꿈을 심어 줄 수 있으며 세상을 긍정적으로 바라보는데 도움이 되어 줄 테니 말이다.

나래는 뜻이 통했는지 여옥인 점심시간에 나래와 눈이 마주치자 의미 있게 웃으며 손을 살짝 들어 사인을 보내왔다.

화연의 태도가 조금은 거만스러운 점도 없지 않았으나 여하튼 여옥의 얼굴빛이 여느 때와는 달리 밝아 보인 것만은 숨길 수 없는 사실이었다.

미진은 종례 시간까지도 아무런 반응을 보이지 않았다. 하지만 겉으론 표현을 안 해도 미진이 나래가 쓴 사랑의 편지를 읽었다면 분명히 고마운 마음을 가졌을 것이다.

나래는 책가방 속에 들어있는 나머지 편지 한 통을 확인했다. 오늘 오후에 입원한 언니의 베개 밑에 살짝 넣어주고 올 생각을 하니, 가슴이 콩닥콩닥 뛰었다.

최균희 청소년 장편소설

꿈이 영그는 교정(제1권)
- 말괄량이 합집합

인쇄 2025년 4월 15일
발행 2025년 4월 25일

지은이 최 균 희
발행인 서 정 환
펴낸곳 신아출판사
주소 서울시 종로구 삼일대로 32길 36, 운현신화타워 305호
전화 (02) 3675-3885, 010-3231-4002
팩스 (063) 274-3131
이메일 sina321@hanmail.net
출판등록 제465-1984-000004호
인쇄·제본 신아문예사

저작권자 ⓒ 2025, 최균희
이 책의 저작권은 저자에게 있습니다. 서면에 의한 저자의 허락없이 내용의 일부를
인용하거나 발췌하는 것을 금합니다.
COPYRIGHT ⓒ 2025, by Choe Keunhee
All rights reserved including the rights of reproduction in whole or in part in any form.
저자와 협의, 인지는 생략합니다.
잘못된 책은 바꿔 드립니다.

ISBN 979-11-94595-49-6 04810
       979-11-94595-48-9 (세트)

값 15,000원

Printed in KOREA